北京師範大學圖書館藏

程乙本

紅樓夢

【六】

曹雪芹／著

無名氏／續

程偉元　高鶚／整理

人民文學出版社

紅樓夢第一百一回

大觀園月夜警幽魂　散花寺神籤驚異兆

却說鳳姐回至房中見賈璉尚未回來便分派那管辦探春行李粧奩事的一干人那天有黄昏已後因忽然想起探春來要瞧瞧他去便叫豐兒與兩個丫頭跟着頭裡一個丫頭打着燈籠走出門來見月光已上照耀如水鳳姐便命打燈籠的回去罷因而走至茶房牕下聽見裡面有人嘁嘁喳喳的又似哭又似笑又似議論什麽的鳳姐知道不過是家下婆子們又不知搬什麽是非心内大不受用便命小紅進去粧做無心的樣子細細打聽着用話套出原委來小紅答應着去了鳳姐只帶着

豐兒來至園門前門尚未關只虛虛的掩着于是主僕二人方推門進去只見園中月色比外面更覺明朗滿地下重重樹影杳無人聲甚是凄凉寂靜剛欲往秋爽齋這條路來只聽怱唿的一聲風過吹的那樹枝上落葉滿園中唰喇喇的作響枝梢上吱嘍嘍的發哨將那些寒鴉宿鳥都驚飛起來鳳姐吃了酒被風一吹只覺身上發噤豐兒後面也把頭一縮說好冷鳳姐也掌不住便叫豐兒快回去把那件銀鼠坎肩兒拿來我在三姑娘那裡等着豐兒巴不得一聲也要回去穿衣裳連忙答應一聲回頭就跑了鳳姐剛舉步走了不遠只覺身後咈咈哧哧似有聞嗅之聲不覺頭髮森然直豎起來由不得回頭一看只

見黑油油一個東西在後面伸着鼻子聞他呢那兩隻眼睛恰似燈光一般鳳姐嚇的魂不附體不覺失聲的咳了一聲却是一隻大狗那狗抽頭回身拖着個掃帚尾巴一氣跑上大土山上方站住了回身猶向鳳姐拱爪兒鳳姐此時肉跳心驚急急的向秋爽齋來將已來至門口方轉過山子只見迎面有一個人影兒一恍鳳姐心中疑惑還想着必是那一房的丫頭便問是誰問了兩聲並沒有人出來早已神魂飄蕩了恍恍忽忽的似乎背後有人說道嬸娘連我也不認得了鳳姐忙回頭一看只見那人形容俊俏衣履風流十分眼熟只是想不起是那房那屋裡的媳婦來只聽那人又說道嬸娘只管享榮華受富貴

的心盛把我那年說的立萬年永遠之基都付於東洋大海了鳳姐聽說低頭尋思總想不起那人冷笑道嬸娘那時怎樣疼我來如今就忘在九霄雲外了鳳姐聽了此時方想起來是賈蓉的先妻秦氏便說道噯呀你是死了的人哪怎麼跑到這裡來了呢啐了一口方轉回身要走時不防一塊石頭絆了一跤猶如夢醒一般渾身汗如雨下雖然毛髮悚然心中却也明白只見小紅豐兒影影綽綽的來了鳳姐恐怕落人的褒貶連忙爬起來說道你們做什麼呢去了這半天快拿來我穿上罷一面豐兒走至跟前伏侍穿上小紅過來攙扶着要往前走鳳姐道我纔到那裡他們都睡了回去罷一面說着一面帶了兩個

了頭急急忙忙回到家中賈璉已回來了鳳姐見他臉上神色更變不似往常待要問他又知他素日性格不敢突然相問只得睡了至次日五更賈璉就起來要往總理內庭都檢點太監裘世安家來打聽事務因太早了見桌上有昨日送來的抄報便拿起來閒看第一件吏部奏請急選郎中奉旨照例用事第二件是刑部題奏雲南節度使王忠一本新獲私帶神鎗火藥出邊事共十八名人犯頭一名鮑音係太師鎮國公賈化家人賈璉想了一想又往下看第二件蘇州刺史李孝一本參劾縱放家奴倚勢凌辱軍民以致因姦不遂殺死節婦事兇犯姓時名福自稱係世襲三等職銜賈範家人賈璉看見這一件心中

不自在起來待要往下看又恐遲了不能見裘世安的面便穿了衣服也等不得吃東西恰好平兒端上茶來喝了兩口便出來騎馬走了平兒收拾了換下的衣服此時鳳姐尚未起來平兒因說道今兒夜裡我聽着奶奶没睡什麽覺我替奶奶捶着好生打個盹兒罷鳳姐也不言語平兒料着這意思是了便爬上炕來坐在身邊輕輕的捶着那鳳姐剛有要睡之意只聽那邊大姐兒哭了鳳姐又將眼睁開平兒連向那邊叫道李媽你到底是怎麽着姐兒哭了你到底拍着他些你也忒愛睡了那邊李媽從夢中驚醒聽得平兒如此說心中没好氣狠命的拍了幾下口裡嘟嘟嚷嚷的罵道真真的小短命鬼兒放着屍不

挺三更半夜嚎你娘的喪一面說一面咬牙便向那孩子身上擰了一把那孩子哇的一聲大哭起來鳳姐聽見說了不得你聽聽他該挫磨孩子了你過去把那黑心的養漢老婆下死勁的打他幾下子把妞妞抱過來罷平兒笑道奶奶別生氣他那裡敢挫磨妞兒只怕是不隄防磞了一下子也是有的這會子打他幾下子沒要緊明兒叫他們背地裡嚼舌根倒說三更半夜的打人了鳳姐聽了半日不言語長嘆一聲說道你瞧瞧這會子不是我十旺八旺的呢明兒我要是死了撂下這小孽障還不知怎麽樣呢平兒笑道奶奶這是怎麽說大五更的何苦來呢鳳姐冷笑道你那裡知道我是早已明白了我也不久了

雖然活了二十五歲人家沒見的也見了沒吃的也吃了衣祿食祿也算全了所有世上有的也都有了氣也賭盡了强也算爭足了就是壽字兒上頭缺一點兒也罷了平兒聽說由不的眼圈兒紅了鳳姐笑道你這會子不用假慈悲我死了你們只有喜歡的你們一心一計和和氣氣的過日子省的我是你們眼裡的刺只有一件你們知好歹只疼我那孩子就是了平兒聽了越發掉下淚來鳳姐笑道別扯你娘的臊那裡就死了呢這麼早就哭起來我不死還叫你哭死了呢平兒見說連忙止住哭道奶奶說的這麼叫人傷心一面說一面又搥鳳姐纔矇矓的睡着平兒方下炕來只聽外面脚步響誰知賈璉去遲了

那裘世安已經上朝去了不過而回心中正沒好氣進來就問平兒道他們還沒起來呢麽平兒回說沒有呢賈璉一路摔簾子進來冷笑道好啊這會子還都不起來安心打擂臺打撒手兒一疊聲又要吃茶平兒忙倒了一碗茶來原來那些丫頭老婆見賈璉出了門又復睡了不打諒這會子回来原不曾預備平兒便把溫過的拿了來賈璉生氣舉起碗來嘩啷一聲摔了個粉碎鳳姐驚醒唬了一身冷汗噯喲一聲睁開眼只見賈璉氣狠狠的坐在傍邊平兒彎着腰拾碗片子呢鳳姐道你怎麽就回來了問了一聲半日不答應只得又問一聲賈璉嚷道你不要我回來叫我死在外頭罷鳳姐笑道這又是何苦来呢常

時我見你不像今兒回來的快問你一聲兒也沒什麼生氣的賈璉又嚷道又沒遇見怎麼不快回來呢鳳姐笑道沒有遇見少不得奈煩些明兒再去早些兒自然遇見了賈璉嚷道我可不吃着自已的飯替人家赶獐子呢我這裡一大堆的事沒個動秤兒的沒來由為人家的事瞎鬧了這些日子當什麼呢正經那有事的人還在家裡受用死活不知還聽見說要鑼鼓喧天的擺酒唱戲做生日呢我可瞎跑他娘的腿子一面說一面往地下啐了一口又罵平兒鳳姐聽了氣的乾咽要和他分証想了一想又忍住了勉强陪笑道何苦來生這麼大氣大清早起和我叫喊什麼誰叫你應了人家的事你既應了只得耐煩

些少不得替人家辦辦也沒見這個人自巳有爲難的事還有心腸唱戲擺酒的鬧賈璉道你可說麽你明兒倒也問問他鳳姐咤異道問誰賈璉道問誰問你哥哥鳳姐道是他嗎賈璉道可不是他還有誰呢鳳姐忙問道他又有什麽事叫你替他跑賈璉道你還在鐔子裡呢鳳姐道眞眞這就奇了我連一個字兒也不知道賈璉道你怎麽能知道呢這個事連太太和姨太太還不知道呢頭一件怕太太和姨太太不放心二則你身上又常嚷不好所以我在外頭壓住了不叫裡頭知道說起來眞眞可人惱你今兒不問我我也不便告訴你你打諒你哥哥行事像個人呢你知道外頭的人都叫他什麽鳳姐道叫他什麽

賈璉道叫他什麽叫他忘仁鳳姐撲哧的一笑他可不叫王仁叫什麽呢賈璉道你打諒那個王仁嗎是忘了仁義禮智信的那個忘仁哪鳳姐道這是什麽人這麽刻薄嘴兒遭塌人賈璉道不是遭塌他呀今兒索性告訴你你也該知道知道你那哥哥的好處到底知道他給他二叔做生日呵鳳姐想了一想道嗳喲可是呵我還忘了問你二叔不是冬天的生日嗎我記得年年都是寶玉去前者老爺陞了二叔那邊送過戲來我還偷偷兒的說二叔爲人是最嗇刻的比不得大舅太爺他們各自家裡還烏眼雞是的不麽昨兒大舅太爺沒了你瞧他是個兄弟他還出了個頭兒攬了個事兒嗎所以那一天說赶他的生

日偺們還他一班子戲省了親戚跟前落虧欠如今這麼早就倣生日也不知是什麼意思賈璉道你還作夢呢你哥哥一到京接着舅太爺的首尾就開了一個弔他怕偺們知道攔他所以沒告訴偺們弄了好幾千銀子後來二舅嗔着他說他不該一網打盡他吃不住了變了個法兒指著你們二叔的生日撒了個網想著再弄幾個錢好打點二舅太爺不生氣也不管親戚朋友冬天夏天的人家知道不知道這麼丟臉你知道我起早爲什麼如今因海疆的事情御史參了一本說是大舅太爺的虧空本員已故應着落其弟王子勝侄兒王仁賠補爺兒兩個急了找了我給他們托人情我見他們嚇的那個樣兒再者

又關係太太和你我纔應了想着找我總理內庭都檢點老裘替辦辦或者前任後任挪移挪移偏又去晚了他進裡頭去了我白起來跑了一輛他們家裡還那裡定戲擺酒呢你說說叫人生氣不生氣鳳姐聽了纔知王仁所行如此但他素性要强護短聽賈璉如此說便道憑他怎麼樣到底是你的親大舅兒再者這件事死的大爺活的二叔都感激你罷了沒什麼說的我們家的事少不得我低三下四的求你省了帶累別人受氣背地裡罵我說着眼淚便下來了掀開被窩一面坐起來一面挽頭髮一面披衣裳賈璉道你倒不用這麼着是你哥哥不是人我並沒說你什麼況且我出去了你身上又不好我都起

來了他們還睡着偺們老輩子有這個規矩麽你如今作好好先生不管事了我說了一句你就起來明兒我要嫌這些人難道你都替了他們麽好沒意思啊鳳姐聽了這些話纔把淚止住了說道天也不早了我也該起來了你有這麽說的你替他們家在心的辦辦那就是你的情分了再者也不光爲我就是太太聽見也喜歡賈璉道是了知道了大蘿卜還用屎澆平兒道奶奶這麽早起來做什麽那一天奶奶不是起來有一定的時候兒呢爺也不知是那裡的邪火拿着我們出氣何苦來呢奶奶也算替爺挣够了那一點兒不是奶奶擋頭陣不是我說爺把現成兒的也不知吃了多少這會子替奶奶辦了一點子

事況且關會着好幾層兒呢就這麽拿糖作醋的起來也不怕人家寒心況且這也不单是奶奶的事呀我們起進了原該爺生氣左右到底是奴才呀奶奶跟前儘著身子累的成了個病包兒了這是何苦來呢說着自巳的眼圈兒也紅了那賈璉本是一肚子悶氣那裡見得這一對嬌妻美妾又尖利又柔情的話呢便笑道彀了筭了罷他一個人就彀使的了不用你幫着左右我是外人多早晚我死了你們就淸淨了鳳姐道你也別說那個話誰知道誰怎麽樣呢你不死我還死呢早死一天早心淨說着又哭起來平兒只得又勸了一回那時天巳大亮日影横窗賈璉也不便再說站起來出去了這裡鳳姐自巳起來

正在梳洗忽見王夫人那邊小丫頭過來道太太說了叫問二奶奶今日過舅太爺那邊去不去要去說叫二奶奶同著寶二奶奶一路去呢鳳姐因方纔一段話已經灰心喪意恨娘家不給爭氣又兼昨夜園中受了那一驚也寔在沒精神便說道你先回太太去我還有一兩件事沒辦清今日不能去况且他們那又不是什麽正經事寶二奶奶要去各自去罷小丫頭答應着回去回覆了不在話下且說鳳姐梳了頭換了衣服想了想雖然自已不去也該帶個信兒再者寶釵還是新媳婦出門子自然要過去照應照應的於是見過王夫人支吾了一件事便過來到寶玉房中只見寶玉穿着衣服歪在炕上兩個眼睛獃

歎的看寶釵梳頭鳳姐站在門口還是寶釵一回頭看見了連忙起身讓坐寶玉也爬起來鳳姐纔笑嘻嘻的坐下寶釵因說麝月道你們睄着二奶奶進來也不言語聲兒麝月笑着道二奶奶頭裡進來就擺手兒不叫言語麼鳳姐因向寶玉道你還不走等什麼呢沒見這麼大人了還是這麼小孩子氣人家各自梳頭你爬在傍邊看什麼成日家一塊子在屋裡還看不彀嗎也不怕丫頭們笑話說着哧的一笑又瞅着他咂嘴兒寶玉雖也有些不好意思還不理會把個寶釵直臊的滿臉飛紅又不好聽着又不好說什麼只見襲人端過茶來只得搭赸著自已遞了一袋烟鳳姐兒笑着站起來接了道二妹妹你別管我

們的事你快穿衣服罷寶玉一面也搭赸着找這個弄那個鳳姐道你先去罷那裡有個爺們等着奶奶們一塊兒走的理呢寶玉道我只是嫌我這衣裳不大好不如前年穿着老太太給的那件雀金泥好鳳姐因慪他道你為什麼不穿寶玉道穿着太早些鳳姐忽然想起自悔失言幸虧寶釵也和王家是內親只是那些丫頭們跟前已經不好意思了襲人卻接着說道二奶奶還不知道呢就是穿得他也不穿了鳳姐兒道這是什麼原故襲人道告訴二奶奶真真的我們這位爺行的事都是天外飛來的那一年因二舅太爺的生日老太太給了他這件衣裳誰知那一天就燒了我媽病重了我沒在家那時候還有晴

雯妹妹呢聽見說病着整給他縫了一夜第二天老太太纔沒瞧出來呢去年那一天上學天冷我叫焙茗拿了去給他披披誰知這位爺見了這件衣裳想起晴雯來了說了總不穿了叫我給他收一輩子呢鳳姐不等說完便道你提晴雯可惜了兒的那孩子模樣兒手兒都好就只嘴頭子利害些偏偏兒的太太不知聽了那裡的謠言活活兒的把個小命兒要了還有一件事那一天我瞧見廚房裡柳家的女人他女孩兒叫什麼五兒那丫頭長的和晴雯脫了個影兒我心裡要叫他進來後來我問他媽他媽說是很願意我想著寶二爺屋裡的小紅跟了我去我還沒還他呢就把五兒補過來罷平兒說太太那一天

說了凡像那個樣兒的都不叫泒到寶二爺屋裡呢我所以也就擱下了這如今寶二爺也成了家了還怕什麼呢不如我就叫他進來可不知寶二爺願意不願意要想着晴雯只瞧見這五兒就是了寶玉本要走聽見這些話又呆了襲人道爲什麼不願意早就要弄進來的只是因爲太太的話說的結實罷了鳳姐道那麼着明兒我就叫他進来太太的跟前有我呢寶玉聽了喜不自勝纔走到賈母那邊去了這裏寶釵穿衣服鳳姐兒看他兩口兒這般恩愛纏綿想起賈璉方纔那種光景甚實傷心坐不住便起身向寶釵笑道我和你上太太屋裡去罷笑着出了房門一同來見賈母寶玉正在那裡回賈母往舅舅家

去賈母點頭說道去罷只是少吃酒早些回來你身子纔好些寶玉答應着出來剛走到院內又轉身回來向寶釵耳邊說了几句不知什麼寶釵笑道是了你快去罷將寶玉催着去了這裡賈母和鳳姐寶釵說了沒三句話只見秋紋進來傳說二爺打發焙茗回來說請二奶奶寶釵道他又忘了什麼又叫他回來秋紋道我叫小丫頭問了焙茗說是二爺忘了一句話二爺叫我回來告訴二奶奶若是去呢快些來罷若不去呢別在風地裡站着說的賈母鳳姐並地下站着的老婆子丫頭都笑了寶釵的臉上飛紅把秋紋啐了一口說道好個糊塗東西這也值的這麼慌慌張張跑了來說秋紋也笑着回去叫小丫頭去

罵焙茗那焙茗一面跑着一面回頭說道二爺把我巴巴兒的叫下馬來叫囘來說我若不說囘來對出來又罵我了這會子說了他們又罵我那丫頭笑着跑囘來說了賈母向寶釵道你去罷省了他這麼不放心說的寶釵站不住又被鳳姐慪着頑笑沒好意思纔走了只見散花寺的姑子大了來了給賈母請安見過了鳳姐坐着吃茶賈母因問他道一向怎麼不來大了道因這几日廟中作好事有几位誥命夫人不時在廟裡起坐所以不得空兒來今日特來囘老祖宗明兒還有一家作好事不知老祖宗高興不高興若高興也去隨喜隨喜賈母便問做什麼好事大了道前月爲王大人府裡不干凈見神見鬼的偏

生那太太夜間又看見去世的老翁因此昨日在我廟裡告訴我要在散花菩薩跟前許願燒香做四十九天的水陸道場保佑家口安寧亡者昇天生者獲福所以我不得空兒來請老太太的安却說鳳姐素日最是厭惡這些事自從昨夜見鬼心中總只是疑疑惑惑的如今聽了大了這些話不覺把素日的心性改了一半已有三分信意便問大了道這散花菩薩是誰他怎麼就能避邪除鬼呢大了見問便知他有些信意說道奶奶要問這位菩薩等我告訴你奶奶知道這個散花菩薩根基不淺道行非常生在西天大樹園中父母打柴爲生養下菩薩來頭長三角眼橫四目身長八尺兩手拖地父母說這是妖精便棄

在氷山背後了誰知這山上有一個得道的老獅猻出來打食看見菩薩頂上白氣冲天虎狼遠避知道來歷非常便抱回洞中撫養誰知菩薩帶了來的聰慧禪也會談與獅猻天天談道参禪說的天花散漫到了一千年後便飛昇了至今山上猶見談經之處天花散漫所求必靈時常顯聖救人苦厄因此世人纔蓋了廟塑了像供奉着鳳姐道這有什麼憑據呢大了道奶奶又來搬駁了一個佛爺可有什麼憑據呢就是撒謊也不過哄一兩個人罷咧難道古往今來多少明白人都被他哄了不成奶奶只想惟有佛家香火歷來不絕他到底是祝國裕民有些靈驗人纔信服啊鳳姐聽了大有道理因道既這麼着我明

兒去試試你廟裡可有籤我去求一籤我心裡的事籤上批的出來我從此就信了大了道我們的籤最是靈的明兒奶奶去求一籤就知道了賈母道既這麼著索性等到後日初一你再去求說着大了吃了茶到王夫人各房裡去請了安回去不提

這裡鳳姐勉强扎掙著到了初一清早令人預備了車馬帶著平兒并許多奴僕來至散花寺大了帶了衆姑子接了進去獻茶後便洗手至大殿上焚香那鳳姐兒也無心瞻仰聖像一秉虔誠磕了頭舉起籤筒默默的將那見鬼之事並身體不安等故祝告了一回纔搖了三下只聽唰的一聲筒中攛出一支籤來于是叩頭拾起一看只見寫着第三十三籤上上大吉大了

忙查籤簿看時只見上面寫着王熙鳳衣錦還鄉鳳姐一見這幾個字吃一大驚忙問大了道古人也有叫王熙鳳的麼大了笑道奶奶最是通今博古的難道漢朝的王熙鳳求官的這一段事也不曉得周瑞家的在傍笑道前年李先兒還說這一回書來着我們還告訴他重着奶奶的名字不許叫呢鳳姐笑道可是呢我倒忘了說着又瞧底下的寫的是

去國離鄉二十年　於今衣錦返家園

蜂採百花成蜜後　爲誰辛苦爲誰甜

行人至　音信遲　訟宜和　婚再議

看完也不甚明白大了道奶奶大喜這一籤巧得狠奶奶自幼

在這裡長大何曾回南京去過如今老爺放了外任或者接家眷來順便回家奶奶可不是衣錦還鄉了一面說一面抄了個籤經交與丫頭鳳姐也半疑半信的大了擺了齋來鳳姐只動了一動放下了要走又給了香銀大了苦留不住只得讓他走了鳳姐回至家中見了賈母王夫人等問起籤來命人一解都歡喜非常或者老爺果有此心偺們走一輛也好鳳姐見人人這麼說也就信了不在話下却說寶玉這一日正睡午覺醒來不見寶釵正要問時只見寶釵進來寶玉問道那裡去了半日不見寶釵笑道我給鳳姐姐瞧一回籤寶玉聽說便問是怎麼樣的寶釵把籤帖念了一回又道家中人人都說好的據我

看這衣錦還鄉四字裡頭還有原故後來再瞧罷了寶玉道你又多疑了妄解聖意衣錦還鄉四字從古至今都知道是好的今兒你又偏生看出緣故來了依你說這衣錦還鄉還有什麼別的解說寶釵正要解說只見王夫人那邊打發丫頭過來請二奶奶寶釵立刻過去未知何事下回分解

紅樓夢第一百一回終

紅樓夢第一百二回

寧國府骨肉病灾祲　大觀園符水驅妖孽

話說王夫人打發人来喚寶釵寶釵連忙過來請了安王夫人道你三妹妹如今要出嫁了你們作嫂子的大家開導開導他也是你們姊妹之情况且他也是個明白孩子我看你們兩個也狠合的來只是我聽見說寶玉聽見他三妹妹出門子哭的了不的你也該勸勸他纔是如今我的身子是十病九痛的你二嫂子也是三日好兩日不好你還心地明白些諸事該管的也別說只管吞着不肯得罪人將來這一番家事都是你的擔子寶釵答應着王夫人又說道還有一件事你二嫂子昨兒帶

了柳家媳婦的丫頭來說補在你們屋裡寶釵道今日平兒纔帶過來說是太太和二奶奶的主意王夫人道是啊你二嫂子和我說我想也沒要緊不便駁他的回只是一件我見那孩子眉眼兒上頭也不是個很安頓的起先爲寶玉房裡的丫頭狐狸是的我攆了几個那時候你也自然知道纔搬回家去的如今有你固然不比先前了我告訴你不過留點神兒就是了你們屋裡就是襲人那孩子還可以使得寶釵答應了又說了几句話便過來了飯後到了探春那邊自有一番殷勤勸慰之言不必細說次日探春將要起身又來辭寶玉寶玉自然難割難分探春倒將綱常大體的話說的寶玉始而低頭不語後來轉

悲作喜似有醒悟之意於是探春放心辭別衆人竟上轎登程水舟陸車而去先前衆姊妹們都住在大觀園中後來賈妃薨後也不修葺到了寶玉娶親林黛玉一死史湘雲回去寶琴在家住着園中人少況兼天氣寒冷李紈姊妹探春惜春等俱挪回舊所到了花朝月夕依舊相約玩耍如今探春一去寶玉病後不出屋門益發沒有高興的人了所以園中寂寞只有几家看園的人住着那日尤氏過來送探春起身因天晚省得套車便從前年在園裡開通寧府的那個便門裡走過去了覺得淒涼滿目臺榭依然女墻一帶都種作園地一般心中悵然如有所失因到家中便有些身上發熱扎掙一兩天竟躺倒了日間

的發燒猶可夜裡身熱異常便譫語綿綿賈珍連忙請了大夫看視說感冒起的如今纏經入了足陽明胃經所以譫語不淸如有所見有了大穢即可身安尤氏服了兩劑並不稍減更加發起狂來賈珍着急便叫賈蓉來打聽外頭有好醫生再請几位來瞧瞧賈蓉回道前兒這個大夫是最興時的了只怕我母親的病不是藥治得好的賈珍道胡說不吃藥難道由他去罷賈蓉道不是說不治為的是前日母親往西府去回來是穿着園子裡走過來的一到了家就身上發燒別是撞客着了罷外頭有個毛半仙是南方人卦起的狠靈不如請他來占筭占算看有信兒呢就依着他要是不中用再請別的好大夫來賈珍

聽了即刻叫人請來坐在書房内喝了茶便說府上叫我不知占什麽事賈蓉道家母有病請教一卦毛半仙道旣如此取凈水洗手設下香案讓我起出一課來看就是了一時下人安排定了他便懷裡掏出卦筒來走到上頭恭恭敬敬的作了一個揖手内搖着卦筒口裡念道伏以太極兩儀絪緼交感圖書出而變化不窮神聖作而誠求必應兹有信官賈某爲因母病虔請伏羲文王周公孔子四大聖人鑒臨在上誠感則靈有凶報凶有吉報吉先請内象三爻說着將筒内的錢倒在盤内說有靈的頭一爻就是交拿起來又搖了一搖倒出來說是单第三爻又是交檢起錢來嘴裡說是内爻已示更請外象三爻完成

一卦起出來是單折單那毛半仙收了卦筒和銅錢便坐下問道請坐請坐讓我來細細的看看這個卦乃是未濟之卦世爻是第三爻午火兄弟刼財晦氣是一定該有的如今尊駕爲母問病用神是初爻真是父母爻動出官鬼來五爻上又有一層官鬼我看令堂太夫人的病是不輕的還好還好如今子亥之水休囚寅木動而生火世爻上動出一個子孫來倒是尅鬼的况且日月生身再隔兩日子水官鬼落空交到戌日就好了但是父母爻上變鬼恐怕令尊大人也有些關碍就是本身世爻比刼過重到了水旺土衰的日子也不好說完了便撅着鬍子坐着賈蓉起先聽他搗鬼心裏忍不住要笑聽他講的卦理明

白又說生怕父親也不好便說道卦是極高明的但不知我母親到底是什麼病毛半仙道據這卦上世爻午火變水相尅必是寒火凝結若要斷的清楚揲着也不大明白除非用大六壬纔斷的准賈蓉道先生都高明的麼毛半仙道知道些賈蓉便要請教報了一個時辰毛先生便畫了盤子將神將排定算去是戌上白虎這課叫做魄化課大凡白虎乃是凶將乘旺象氣受制便不能爲害如今乘着死神死煞及時令囚死則爲餓虎定是傷人就如魄神受驚消散故名魄化這課象說是人身喪魄憂患相仍病多死喪訟有憂驚按象有日墓虎臨必定是傍晚得病的象內說凡占此課必定舊宅有伏虎作怪或有形響

如今尊駕爲大人而占正合著虎在陽憂男在陰憂女此課十分凶險呢賈蓉沒有聽完唬得面上失色道先生說的狠是但與那卦又不大相合到底有妨碍麼毛半仙道你不用慌待我慢慢的再看低着頭又咕噥了一會子便說好了有救星了算出巳上有貴神救解謂之魄化魂歸先憂後喜是不妨事的只要小心些就是了賈蓉奉上卦金送了出去回稟賈珍說是母親的病是在舊宅傍晚得的爲撞着什麼伏屍白虎賈珍道你說你母親前日從園裡走回來的可不是那裡撞着的你還記得你二嬸娘到園裡去回來就病了他雖沒有見什麼後來那些丫頭老婆們都說是山子上一個毛烘烘的東西眼睛有燈

籠大還會說話他把二奶奶赶出来了唬出一場病来賈蓉道怎麽不記得我還聽見寳二叔家的焙茗說晴雯做了園裡芙蓉花的神了林姑娘死了半空裡有音樂必定他也是管什麽花兒了想這許多妖怪在園裡還了得頭裡人多陽氣重常來常往不打緊如今冷落的時候母親打那裡走還不知踹了什麽花兒呢不然就是撞着那一個那卦也還筭是准的賈珍道到底說有妨碍没有呢賈蓉道據他說到了戊日就好了只願早兩天好或除兩天纔好賈珍道這文是什麽意思賈蓉道那先生若是這樣准生怕老爺也有些不自在正說著裡頭喊說奶奶要坐起到那邊園裡去了頭們都按捺不住賈珍等進去

安慰只聞尤氏嘴裡亂說穿紅的來叫我穿綠的來赶我地下這些人又怕又好笑賈珍便命人買些紙錢送到園裡燒化果然那夜出了汗便安靜些到了戊日也就漸漸的好起來由是一人傳十十人傳百都說大觀園中有了妖怪唬得那些看園的人也不修花補樹灌溉菓蔬起先晚上不敢行走以致鳥獸逼人近來甚至日間也是約伴持械而行過了些時果然賈珍也病竟不請醫調治輕則到園化紙許愿重則詳星拜斗賈珍方好賈蓉等相繼而病如此接連數月鬧的兩府俱怕從此風聲鶴唳草木皆妖園中出息一槩全蠲各房月例重新添起反弄的榮府中更加拮据那些看園的沒有了想頭個個要離此

處每每造言生事便將花妖樹怪編派起來各要搬出將園門封固再無人敢到園中以致崇樓高閣瓊館瑤臺皆爲禽獸所棲都說晴雯的表兄吳貴正住在園門口他媳婦自從晴雯死後聽見說作了花神每日晚間便不敢出門這一日吳貴出門買東西回來晚了那媳婦子本有些感冒着了日間吃錯了藥晚上吳貴到家已死在炕上外面的人因那媳婦子不大妥當便說妖怪爬過墻來吸了精去死的于是老太太着急的了不得另派了好些人將寶玉的住房圍住巡邏打更這些小丫頭們還說有看見紅臉的有看見很俊的女人的吵嚷不休唬的寶玉天天害怕虧得寶釵有把持聽見丫頭們混說便嚇唬着

要打所以那些謡言略好些無奈各房的人都是疑人疑鬼的不安靜也添了人坐更於是更加了好些食用獨有賈赦不大狠信說好好兒的園子那裡有什麽鬼怪挑了個風清日煖的日子帶了好幾個家人手內持着器械到園踹看動靜衆人勸他不依到了園中果然陰氣逼人賈赦還扎挣前走跟的人都探頭縮腦的內中有個年輕的家人心內已經害怕只聽唿的一聲回過頭來只見五色燦爛的一件東西跳過去了唬的噯喲一聲腿子發軟就栽倒了賈赦回身查問那小子喘嘘嘘的回道親眼看見一個黃臉紅鬍子綠衣裳一個妖精走到樹林子後頭山窟窿裡去了賈赦聽了便也有些膽怯問道你們都

看見麽有几個推順水船兒的回說怎麽沒瞧見因老爺在頭裡不敢驚動罷了奴才們還掌得住說得賈赦害怕也不敢再走急急的回來吩咐小子們不用提及只說看遍了沒有什麽東西心裡實也相信要到真人府裡請法官驅邪豈知那些家人無事還要生事今見賈赦怕了不但不瞞著反添些穿鑿說得人人吐舌賈赦沒法只得請道士到園作法驅邪逐妖擇吉日先在省親正殿上鋪排起壇場來供上三清聖像傍設二十八宿并馬趙温周四大將下排三十六天將圖像香花燈燭設滿一堂鐘鼓法器排列兩邊插著五方旗號道紀司派定四十九位道衆的執事淨了一天壇三位法官行香取水畢然後擂

起法鼓法師們俱戴上七星冠披上九宮八卦的法衣踏着登雲履手執牙笏便拜表請聖又念了一天的消災驅邪接福的洞元經已後便出榜召將榜上大書太乙混元上清三境靈寶符籙演教大法師行文敕令本境諸神到壇聽用那日兩府上下爺們仗著法師擒妖都到園中觀看都說好大法令呼神遣將的鬧起來不管有多少妖怪也嚇跑了大家都擠到壇前只見小道士們將旗旛舉起按定五方站住伺候法師號令三位法師一位手提寶劍拿著法水一位捧着七星皂旗一位舉著桃木打妖鞭立在壇前只聽法器一停上頭令牌三下口中念起咒來那五方旗便團團散布法師下壇叫本家領着到各處

樓閣殿亭房廊屋舍山崖水畔灑了法水將劍指畫了一回回來連擊令牌將七星旗祭起衆道士將旗旛一聚接下打妖鞭望空打了三下本家衆人都道拿住妖怪爭着要看及到跟前並不見有什麽形響只見法師叫衆道士拿取瓶罐將妖收下加上封條法師硃筆書符收起令人帶回在本觀塔下鎮住一面撤壇謝將賈赦恭敬叩謝了法師賈蓉等小弟兄背地都笑個不住說這樣的大排場我打量拿着妖怪給我們瞧瞧到底是些什麽東西那裏知道是這樣搜羅究竟妖怪拿去了没有賈珍聽見罵道糊塗東西妖怪原是聚則成形散則成氣如今多少神將在這裏還敢現形嗎無非把這妖氣收了便不作祟

就是法力了衆人將信將疑且等不見響動再說那些下人只知妖怪被擒疑心去了便不大驚小怪往後果然沒人提起了賈珍等病愈復原都道法師神力獨有一個小厮笑說道頭裡那些響動我也不知道就是跟著大老爺進園這一日明明是個大公野雞飛過去了拴兒嚇離了眼說的活像我們都替他圓了個謊大老爺就認真起來倒瞧了個很熱鬧的壇場衆人雖然聽見那裡肯信究無人敢住一日賈赦無事正想要叫已個家下人搬住園中看守惟恐夜晚藏匿奸人方欲傳出話去只見賈璉進來請了安回說今日到大舅家去聽見一個荒信說是二叔被節度使叅進來爲的是失察屬員重徵糧米請旨

革職的事賈赦聽了吃驚道只怕是謠言罷前兒你二叔帶書子來說探春於某日到了任所擇了某日吉時送了你妹子到了海疆路上風恬浪靜合家不必掛念還說節度認親倒設席賀喜那裡有做了親戚倒提參起來的且不必言語快到吏部打聽明白就來回我賈璉即刻出去不到半日回來便說纔到吏部打聽果然二叔被參題本上去虧得皇上的恩典沒有交部便下旨意說是失察屬員重徵糧米苛虐百姓本應革職姑念初膺外任不諳吏治被屬員蒙蔽着降三級加恩仍以工部員外上行走並令即日回京這信是准的正在吏部說話的時候來了一個江西引見的知縣說起我們二叔是狠感激的但

說是個好上司只是用人不當那些家人在外招搖撞騙欺凌屬員已經把好明聲都弄壞了節度大人早已知道也說我們二叔是個好人不知怎麽樣這回又參了想是忒鬧得不好恐將來弄出大禍所以借了一件失察的事情參的倒是避重就輕的意思也未可知賈赦未聽說完便叫賈璉先去告訴你嬸子知道且不必告訴老太太就是了賈璉去回王夫人未知有何話說下回分解

紅樓夢第一百二回終

紅樓夢第一百三回

施毒計金桂自焚身　昧真禪雨村空遇舊

話說賈璉到了王夫人那邊一一的說了次日到了部裡打點停妥回來又到王夫人那邊將打點吏部之事告知王夫人王夫人便道打聽准了麼果然這樣老爺也願意合家也放心那外任何嘗是做得的不是這樣回來只怕叫那些混賬東西把老爺的性命都坑了呢賈璉道太太怎麼知道王夫人道自從你二叔放了外任並沒有一個錢拿回來把家裡的倒掏摸了好些去了你瞧那些跟老爺去的人他男人在外頭不多幾時那些小老婆子們都金頭銀面的粧扮起來了可不是在外頭

哄着老爺弄錢你叔叔就由着他們鬧去要弄出事來不但自已的官做不成只怕連祖上的官也要抹掉了呢賈璉道太太說的狠是方纔我聽見參了唬的了不得直等打聽明白纔放心也願意老爺做個京官安安逸逸的做幾年纔保得住一輩子的聲名就是老太太知道了倒也是放心的只要太太說的寬緩些王夫人道我知道你到底再去打聽打聽賈璉答應了纔要出來只見薛姨媽家的老婆子慌慌張張的走來到王夫人裡間屋內也沒說請安便道我們太太叫我來告訴這裡的姨太太說我們家了不得了又鬧出事來了王夫人聽了便問鬧出什麽事來那婆子又說了不得了不得王夫人哼道糊塗

東西有緊要事你到底說呀婆子便說我們家二爺不在家一個男人也沒有這件事情出來怎麼辦要求太太打發幾位爺們去料理料理王夫人聽着不懂便着急道到底要爺們去幹什麼婆子道我們大奶奶死了王夫人聽了啐道呸那行子女人死就死了罷咧也值的大驚小怪的婆子道不是好好兒死的是混鬧死的快求太太打發人去辦辦說著就要走王夫人又生氣又好笑說這老婆子好混賬璉哥兒倒不如你去瞧瞧別理那糊塗東西那婆子沒聽見打發人去只聽見說別理他他便賭氣跑回去了這裡薛姨媽正在着急再不見來好容易那婆子來了便問姨太太打發誰來婆子嘆說道人再別有急

難事什麽好親好眷看來也不中用姨太太不但不肯照應我們倒罵我糊塗薛姨媽聽了又氣又急道姨太太不管你姑奶奶怎麽說來着婆子道姨太太既不管我們家的姑奶奶自然更不管了沒有去告訴薛姨媽啐道姨太太是外人姑娘是我養的怎麽不管婆子一時省悟道是啊這麽着我還去正說着只見賈璉來了給薛姨媽請了安道了惱囘說我嬸子知道弟婦死了問老婆子再說不明着急的狠打發我來問個明白還叫我在這裡料理該怎麽樣姨太太只管說了辦去薛姨媽本來氣的乾哭聽見賈璉的話便赶忙說倒叫二爺費心我說姨太太是待我最好的都是這老貨說不清幾乎悞了事請二爺

坐下等我慢慢的告訴你便說不爲別的事爲的是媳婦不是好死的賈璉道想是爲兄弟犯事怨命死的薛姨媽道若這樣倒好了前幾個月頭裡他天天赤脚蓬頭的瘋鬧後來聽見你兄弟問了死罪他雖哭了一塲已後倒擦脂抹粉的起來我要說他又要吵個了不得我總不理他有一天不知爲什麽來要香菱去作伴兒我說你放著寶蟾要香菱做什麽況且香菱是你不愛的何苦惹氣呢他必不依我没法兒只得叫香菱到他屋裡去可憐香菱不敢違我的話帶着病就去了誰知道他待香菱狠好我倒喜歡你大妹妹知道了說只怕不是好心罷我也不理會頭幾天香菱病着他倒親手去做湯給他喝誰知香

菱沒福剛端到跟前他自已燙了手連碗都砸了我只說必要遷怒在香菱身上他倒沒生氣自已還拿笤帚掃了拿水潑凈了地仍舊兩個人狠好昨兒晚上又叫寶蟾去做了兩碗湯來自已說和香菱一塊兒喝隔了一會子聽見他屋裡鬧起來寶蟾急的亂嚷已後香菱也嚷着扶着墻出來叫人我忙着看去只見媳婦鼻子眼睛裡都流出血來在地下亂滾兩隻手在心口裡亂抓兩隻脚亂蹬把我就嚇死了問他也說不出來鬧了一會子就死了我瞧那個光景兒是服了毒的寶蟾就哭著來揪香菱說他拿藥藥死奶奶了我看香菱也不是這麽樣的人再者他病的起還起不來怎麽能藥人呢無奈寶蟾一口咬定

我的二爺這叫我怎麽辦只得硬着心腸叫老婆子們把香菱捆了交給寶蟾便把房門反扣了我和你二妹妹守了一夜等府裡的門開了纔告訴去的二爺你是明白人這件事怎麽好

賈璉道夏家知道了没有薛姨媽道也得撕擄明白了纔好報啊賈璉道據我看起來必要經官纔了的下來我們自然疑在寶蟾身上别人却説寶蟾爲什麽藥死他們姑娘呢若説在香菱身上倒還裝得上正説着只見榮府的女人們進來説我們二奶奶來了賈璉雖是大伯子因從小兒見的也不迴避寶釵進來見了母親又見了賈璉便往裡間屋裡和寶琴坐下薛姨媽進來也將前事告訴了一遍寶釵便説若把香菱捆了可不

是我們也說是香菱藥死的了麽媽媽說這湯是寶蟾做的就該捆起寶蟾來問他呀一面就該打發人報夏家去一面報官纔是薛姨媽聽見有理便問賈璉賈璉道二妹子說的狠是報官還得我去托了刑部裡的人相驗問口供的時候方有照應只是要捆寶蟾放香菱倒怕難些薛姨媽道並不是我要捆香菱我恐怕香菱病中受寃着急一時尋死又添了一條人命纔捆了交給寶蟾也是個主意賈璉道雖是這麽說我們倒帮了寶蟾了若要放都放要捆都捆他們三個人是一處的只要叫人安慰香菱就是了薛姨媽便叫人開門進去寶釵就派了帶來的幾個女人帮着捆寶蟾只見香菱已哭的死去活來寶蟾

四

反得意洋洋已後見人要捆他便亂嚷起來那禁得榮府的人吆喝着也就捆了竟開著門好叫人看着這裡報夏家的人已經去了那夏家先前不住在京裡因近年消索又惦記女孩兒新近搬進京來父親已沒只有母親又過繼了一個混賬兒子把家業都花完了不時的常到薛家那金桂原是個水性人兒那裡守得住空房况兼天天心裡想念薛蝌便有些饑不擇食的光景無奈他這個乾兄弟又是個蠢貨雖也有些知覺祇是尚未入港所以金桂時常回去也幫貼他些銀錢這些時正盼金桂回家只見薛家的人來心裡想着又拿什麼東西來了不料說這裡的姑娘服毒死了他就氣的亂嚷亂叫金桂的母親

聽見了更哭喊起來說好端端的女孩兒在他家爲什麽服了毒呢哭著喊著的帶了兒子也等不得僱車便要走來那夏家本是買賣人家如今沒了錢那顧什麽臉面兒子頭裡走他就跟了個破老婆子出了門在街上哭哭啼啼的僱了一輛車一直跑到薛家進門也不搭話就兒一聲肉一聲的鬧起那時賈璉到刑部去托人家裡只有薛姨媽寶釵寶琴何曾見過這個陣仗兒都嚇的不敢則聲要和他講理他也不聽只說我女孩兒在你家得過什麽好處兩口子朝打暮罵鬧了幾時還不容他兩口子在一處你們商量着把我女婿弄在監裡永不見面你們娘兒們仗着好親戚受用也罷了還嫌他礙眼叫人藥死

他倒說是服毒他爲什麼服毒說着直奔薛姨媽來薛姨媽只得退後說親家太太且瞧瞧你女孩兒問問寶蟾再說歪話還不遲呢寶釵寶琴因外面有夏家的兒子難以出來攔護只在裡邊著急恰好王夫人打發周瑞家的照看一進門來見一個老婆子指著薛姨媽的臉哭罵周瑞家的知道必是金桂的母親便走上來說這位是親家太太麼大奶奶自己服毒死的與我們姨太太什麼相干也不犯這麼遭塌呀那金桂的母親問你是誰薛姨媽見有了人胆子略壯了些便說這就是我們親戚賈府裡的金桂的母親便道誰不知道你們有仗腰子的親戚纔能殼叫姑爺坐在監裡如今我的女孩兒倒白死了不成

說著便扑薛姨媽說你到底把我女孩兒怎麼弄殺了給我瞧瞧周瑞家的一面勸說只管瞧去不用拉拉扯扯把手只一推夏家的兒子便跑進來不依道你仗著府裏的勢頭兒來打我母親麼說著便將椅子打去却沒有打着裏頭跟寶釵的人聽見外頭鬧起來赶着來瞧恐怕周瑞家的吃虧齊打夥兒上去半勸半喝那夏家的母子索性撒起潑來說知道你們榮府的勢頭兒我們家的姑娘已經死了如今也都不要命了說着仍奔薛姨媽拚命地下的人雖多那裏擋得住自古說的一人拚命萬夫莫當正鬧到危急之際賈璉帶了七八個家人進來見是如此便叫人先把夏家的兒子拉出去便說你們不許鬧有

話好好兒的說快將家裡收拾收拾刑部裡頭的老爺們就來相驗了金桂的母親正在撒潑只見來了一位老爺幾個在頭裡吆喝那些人都垂手侍立金桂的母親見這個光景也不知是賈府何人又見他兒子已被衆人揪住又聽見說刑部來驗他心裡原想看見女孩兒的屍首先鬧個稀爛再去喊冤不承望這裡先報了官也便軟了些薛姨媽已嚇糊塗了還是周瑞家的囬說他們來了也沒去瞧瞧他們姑娘便作踐起姨太太來了我們爲好勸他那裡跑進一個野男人在奶奶們裡頭混撒村混打這可不是沒有王法了賈璉道這會子不用和他講理等囬來打着問他說男人有男人的地方兒裡頭都是些姑

娘奶奶們况且有他母親還瞧不見他們姑娘麼他跑進來不是要打擂來了麼家人們做好做歹壓伏住了周瑞家的使着人多便說夏太太你不懂事既來了該問個青紅皂白你們姑娘是自己服毒死了不然就是寶蟾藥死他主子了怎麼不問明白又不看屍首就想訛人來了呢我們就肯叫一個媳婦兒白死了不成現在把寶蟾捆着因爲你們姑娘必要點病兒所以叫香菱賠着他也在一個屋裡住故此兩個人都看守在那裡原等你們來眼看着刑部相驗問出道理來纔是啊金桂的母親此時勢孤也只得跟着周瑞家的到他女孩兒屋裡只見滿臉黑血直挺挺的躺在炕上便叫哭起來寶蟾見是他家的

人來便哭喊說我們姑娘好意待香菱叫他在一塊兒住他倒抽空兒藥死我們姑娘那時薛家上下人等俱在便齊聲吆喝道胡說昨日奶奶喝了湯纔藥死的這湯可不是你做的寶蟾道湯是我做的端了來我有事走了不知香菱起來放了些什麼在裡頭藥死的金桂的母親沒聽完就奔香菱衆人攔住薛姨媽便道這樣子是砒霜藥的家裡决無此物不管香菱寶蟾終有替他買的回來刑部少不得問出來纔賴不去如今把媳婦權放平正好等官來相驗衆婆子上来抬放寶釵道都是男人進來你們將女人動用的東西檢點檢點只見炕褥底下有一個揉成團的紙包兒金桂的母親瞧見便拾起打開看時並

沒有什麽便撩開了寶蟾看見道可不是有了憑據了這個紙包兒我認得頭幾天耗子鬧的慌奶奶家去找舅爺要的拿回來在擱首飾匣內必是香菱看見了拿來藥死奶奶的若不信他們看見首飾匣裡有沒有了金桂的母親便依着寶蟾的話取出匣子來只有幾支銀簪子薛姨媽便說怎麽好些首飾都沒有了寶釵叫人打開箱櫃俱是空的便道嫂子這些東西被誰拿去這可要問寶蟾金桂的母親心裡也虛了好些見薛姨媽查問寶蟾便說姑娘的東西他那裡知道周瑞家的道親家太太別這麽說麽我知道寶姑娘是天天跟着大奶奶的怎麽說不知道寶蟾見問得緊又不好胡賴只得說道奶奶自己每

每帶回家去我管得麼衆人便說好個親家太太哄着拿姑娘的東西哄完了叫他尋死來訛我們好罷咧回來相驗就是這麼說寶釵叫人到外頭告訴璉二爺說別放了夏家的人裡頭金桂的母親忙了手脚便罵寶蟾道小蹄子別嚼舌頭了姑娘幾時拿東西到我家去寶蟾道如今東西是小給姑娘償命是大寶琴道有了東西就有償命的人了快請璉二哥哥問準了夏家的兒子買砒霜的話回來好回刑部裡的話金桂的母親着了急道這寶蟾必是撞見鬼了混說起來我們姑娘何嘗買過砒霜要這麼說必是寶蟾藥死了的寶蟾急的亂嚷說別人賴我也罷了怎麼你們也賴起我來呢你們不是常和姑娘說

叫他別受委屈鬧得他們家破人亡那時將東西捲包兒一走再配一個好姑爺這個話是有的沒有金桂的母親還未及答言周瑞家的便接口說道這是你們家的人說的還賴什麼呢金桂的母親恨的咬牙切齒的罵寶蟾說我待他不錯呀爲什麼你倒拿話來葬送我呢回來見了官我就說是你藥死姑娘的寶蟾氣的瞪着眼說請太太放了香菱罷不犯着白害別人我見官自有我的話寶釵聽出這個話頭兒來了便叫人反倒放開了寶蟾說你原是個爽快人何苦白冤在裡頭你有話索性說了大家明白豈不完了事了呢寶蟾也怕見官受苦便說我們奶奶天天抱怨說我這樣人爲什麼碰着這個瞎眼的娘

不配給二爺偏給了這麼個混賬糊塗行子要是能彀和二爺
過一天死了也是願意的說到那裡便恨香菱我起初不理會
後來看見和香菱好了我只道是香菱怎麼哄轉了不承望昨
兒的湯不是好意金桂的母親接說道越發胡說了若是要藥
香菱爲什麼倒藥了自已呢寶釵便問道香菱昨日你喝湯来
着没有香菱道頭幾天我病的抬不起頭来奶奶叫我喝湯我
不敢說不喝剛要扎掙起來那碗湯已經洒了倒叫奶奶收拾
了個難我心裡狠過不去昨兒聽見叫我喝湯我喝不下去没
有法兒正要喝的時候兒偏又頭暈起来見寶蟾姐姐端了去
我正喜歡剛合上眼奶奶自已喝着湯叫我嚐嚐我便勉强也

喝了兩口寶蟾不待說完便道是了我老實說罷昨兒奶奶叫
我做兩碗湯說是和香菱同喝我氣不過心裡想着香菱那裡
配我做湯給他喝呢我故意的一碗裡頭多抓了一把鹽記了
暗記兒原想給香菱喝的剛端進來奶奶却攔著我叫外頭叫
小子們僱車說今日回家去我出去說了回來見鹽多的這碗
湯在奶奶跟前呢我恐怕奶奶喝着鹹又要罵我正沒法的時
候奶奶往後頭走動我眼錯不見就把香菱這碗湯換過來了
也是合該如此奶奶同來就拿了湯去到香菱床邊喝着說你
到底嚐嚐那香菱也不覺鹹兩個人都喝完了我正笑香菱沒
嘴道兒那裡知道這死鬼奶奶要藥香菱必定趁我不在將砒

霜撒上了也不知道我換碗這可就是天理昭彰自害自身了于是衆人往前後一想真正一絲不錯便將香菱也放了扶着他仍舊睡在床上不說香菱得放且說金桂的母親心虛事實還想辯賴薛姨媽等你言我語反要他兒子償還金桂之命正然吵嚷賈璉在外嚷說不用多說了快收拾停當刑部的老爺就到了此時惟有夏家母子着忙想來總要吃虧的不得已反求薛姨媽道千不是萬不是總是我死的女孩兒不長進這也是他自作自受要是刑部相驗到底府上臉面不好看求親家太太息了這件事罷寶釵道那可使不得已經報了怎麼能息呢周瑞家的等人大家做好做歹的勸說若要息事除非夏親

家太太自已出去攔驗我們不提長短罷了賈璉在外也將他兒子嚇住他情愿迎到刑部具結攔驗衆人依允薛姨媽命人買棺成殮不題且說賈雨村陞了京兆府尹兼管稅務一日出都查勘開墾地畝路過知機縣到了急流津正要渡過彼岸因待人夫暫且停轎只見村傍有一座小廟墻壁坍頹露出幾株古松倒也蒼老雨村下轎閒步進廟但見廟內神像金身脫落殿宇歪斜傍有斷碣字蹟糢糊也看不明白意欲行至後殿只見一株翠栢下蔭着一間茅廬廬中有一個道士合眼打坐雨村走近看時面貌甚熟想着倒像在那裡見過的一時再想不起來從人便欲吆喝雨村止住徐步向前叫一聲老道那道士

雙眼略啟微微的笑道貴官何事雨村便道本府出都查勘事件路過此地見老道靜修自得想來道行深通意欲冒昧請教那道人說來自有地去自有方雨村知是有些來歷的便長揖請問老道從何處焚修在此結廬此廟何名廟中共有幾人或欲真修豈無名山或欲結緣何不通衢那道人道葫蘆尚可安身何必名山結舍廟名久隱斷碣猶存形影相隨何須修募豈似那玉在匵中求善價釵於匣內待時飛之輩耶雨村原是個穎悟人初聽見葫蘆兩字後聞釵玉一對忽然想起甄士隱的事來重復將那道士端詳一回見他容貌依然便屏退從人問道君家莫非甄老先生麼那道人微微笑道什麼真什麼假要

知道眞卽是假假卽是眞雨村聽說出賈字來益發無疑便從
新施禮道學生自蒙慨贈到都托庇獲儁公車受任貴鄉始知
老先生超悟塵凡飄舉仙境學生雖溯洄思切自念風塵俗吏
未由再覩仙顏今何幸於此處相遇求老仙翁指示愚蒙倘荷
不棄京寓甚近學生當得供奉得以朝夕聆教那道人也站起
來回禮道我于蒲團之外不知天地間尚有何物適纔尊官所
言貧道一概不解說畢依舊坐下雨村復又心疑想去若非士
隱何貌言相似若此離別來十九載面色如舊必是修煉有成
未肯將前身說破但我旣遇恩公又不可當面錯過看來不能
以富貴動之那妻女之私更不必說了想罷又道仙師旣不肯

說破前因弟子於心何忍正要下禮只見從人進來禀說天色將晚快請渡河雨村正無主意那道人道請尊官速登彼岸見面有期遲則風浪頓起果蒙不棄貧道他日尚在渡頭候教說畢仍合眼打坐雨村無奈只得辭了道人出廟正要過渡只見一人飛奔而來未知何人下回分解

紅樓夢第一百三囘終

紅樓夢第一百四回

醉金剛小鰍生大浪　痴公子餘痛觸前情

話說賈雨村剛欲過渡見有人飛奔而來跑到跟前口稱老爺方纔進的那廟火起了雨村回首看時只見烈焰燒天飛灰蔽日雨村心想這也奇怪我纔出來走不多遠這火從何而來莫非士隱遭刼於此欲待回去又恐悞了過河若不回去心下又不安想了一想便問道你方纔見那老道士出來了沒有那人道小的原隨老爺出來因腹內疼痛畧走了一走回頭看見一片火光原來就是那廟中火起特趕來稟知老爺並沒有見有人出來雨村雖則心裡狐疑究竟是名利關心的人那肯回去

看視伊叫那人你在這裡等火滅了進去瞧那老道在與不在即來回稟那人只得答應了伺候雨村過河仍自去查看查了幾處遇公館便自歇下明日又行一程進了都門衆衙役接着前呼後擁的走着雨村坐在轎內聽見轎前開路的人吵嚷雨村問是何事那開路的拉了一個人過來跪在轎前稟道那人酒醉不知迴避反沖突過來小的吆喝他他倒恃酒撒潑躺在街心說小的打了他了雨村便道我是管理這裡地方的你們都是我的子民知道本府經過喝了酒不知退避還敢撒賴那人道我喝酒是自己的錢醉了躺的是皇上的地就是大人老爺也管不得雨村怒道這人目無法紀問他叫什麼名字那人

回道我叫醉金剛倪二雨村聽了生氣叫人打這東西瞧他是金剛不是手下把倪二按倒着實的打了幾鞭子倪二負痛酒醒求饒雨村在轎內哈哈笑道原來是這麽個金剛我且不打你叫人帶進衙門裡慢慢的問你衆衙役答應拴了倪二拉着就走倪二哀求也不中用雨村進內覆旨回曹那裡把這件事放在心上那街上看熱鬧的三三兩兩傳說倪二仗着有些力氣恃酒訛人今兒碰在賈大人手裡只怕不輕饒的這話已傳到他妻女耳邊那夜果等倪二不見回家他女兒便到各處賭場尋覓那賭博的都是這麽說他女兒哭了衆人都道你不用着急那賈大人是榮府的一家榮府裡的一個什麽二爺和你

父親相好你同你母親去找他說個情就放出來了倪二的女兒想了一想果然我父親常說間壁賈二爺和他好爲什麽不找他去趕着囘來就和母親說了娘兒兩個去找賈芸那日賈芸恰好在家見他母女兩個過來便讓坐賈芸的母親便命倒茶倪家母女將倪二被賈大人拿去的話說了一遍求二爺說個情兒放出來賈芸一口應承說這算不得什麽我到西府裡說一聲就放了那賈大人全仗着西府裡纔得做了這麼大官只要打發個人去一說就完了倪家母女歡喜囘來便到府裡告訴了倪二叫他不用忙已經求了賈二爺他滿口應承討個情便放出来的倪二聽了也喜歡不料賈芸自從那日給鳳姐

送禮不收不好意思進來也不常到榮府那榮府的門上原看着主子的行事叫誰走動纔有些體面一時來了他便進去通報若主子不大理了不論本家親戚他一槩不回支囬去就完事那日賈芸到府說給璉二爺請安門上的說二爺不在家等囘來我們替囘罷賈芸欲要說請二奶奶的安又恐門上厭煩只得囘家又被倪家母女催逼著說二爺常說府上不論那個衙門說一聲兒誰敢不依如今還是府裡的一家兒又不爲什麼大事這個情還討不來白是我們二爺了賈芸臉上下不來嘴裡還說硬話昨兒我們家裡有事沒打發人說去少不得今兒說了就放什麼大不了的事倪家母女只得聽信豈知賈芸

近日大門竟不得進去繞到後頭要進園内找寶玉不料園門鎖著只得垂頭喪氣的回來想起那年倪二借銀買了香料送他纔派我種樹如今我没錢打點就把我拒絶那也不是他的能爲拿著太爺留下的公中銀錢在外放加一錢我們窮當家兒要借一兩也不能他打諒保得住一輩子不窮的了那裡知道外頭的名聲兒狠不好我不說罷了若說起來人命官司不知有多少呢一面想着來到家中只見倪家母女正等著呢賈芸無言可支便說是西府裡已經打發人說了只言賈大人不依你還求我們家的奴才周瑞的親戚冷子興去纔中用倪家母女聽了說二爺這樣體面爺們還不中用若是奴才是更不

中用了賈芸不好意思心裡發急道你不知道如今的奴才比主子強多着呢倪家母女聽來無法只得冷笑幾聲說這倒難爲二爺白跑了這幾天等我們那一個出来再道乏罷說畢出来另托人將倪二弄出來了只打了幾板也沒有什麼罪倪二回家他妻女將賈家不肯說情的話說了一遍倪二正喝着酒便生氣要找賈芸說這小雜種沒良心的東西頭裡他沒有飯吃要到府內鑽謀事辦虧我倪二爺帮了他如今我有了事他不管好罷喇要是我倪二鬧起來連兩府裡都不乾凈他妻女忙勸道嗳你又喝了黄湯就是這麼有天沒日頭的前兒可不是醉了鬧的亂子捱了打還沒好呢你又鬧了倪二道捱了打

就怕他不成只怕拿不著由頭兒我在監裡的時候兒倒認得了好幾個有義氣的朋友聽見他們說起來不獨是城裡姓賈的多外省姓賈的也不少前兒監裡收下了好幾個賈家的家人我倒說這裡的賈家小一輩子連奴才們雖不好他們老一輩的還好怎麼犯了事呢我打聽了打聽說是和這裡賈家是一家兒都住在外省審明白了解進來問罪的我纔放心若說賈二這小子他忘恩負義我就和幾個朋友說他家怎麼欺負人怎麼放重利怎麼強娶活人妻吵嚷出去有了風聲到了都老爺耳躲裡頭這一鬧起來叫他們纔認得倪二金剛呢他女人道你喝了酒睡去罷他又強占誰家的女人來着没有的事

你不用混說了倪二道你們在家裡那裡知道外頭的事前年我在場兒裡碰見了小張說他女人被賈家占了他還和我商量我倒勸著他纔壓住了不知道小張如今那裡去了這兩年沒見若碰着了他我倪二太爺出個主意叫賈二小子死給我瞧瞧好好兒的孝敬孝敬我倪二太爺纔罷了說着倒身躺下嘴裡還是咕咕噥噥的說了一回便睡去了他妻女只當是醉話也不理他明日早起倪二又往賭場中去了不題且說雨村回到家中歇息了一夜將道上遇見甄士隱的事告訴了他夫人一遍他夫人便埋怨他爲什麼不回去瞧一瞧倘或燒死了可不是偺們沒良心說着掉下淚來雨村道他是方外的人了

不肯和偺們在一處的正說着外頭傳進話來稟說前日老爺吩咐瞧那廟裡失火去的人回來了雨村踱了出來那衙役請了安回說小的奉老爺的命回去也沒等火滅冒着火進去瞧那道士那裡知他坐的地方兒都燒了小的想着那道士必燒死了那燒的墻屋往後塌了道士的影兒都沒有了只有一個蒲團一個瓢兒還是好好的小的各處找他的尸首連骨頭都沒有一點兒小的恐怕老爺不信想要拿這蒲團瓢兒回來做個證見小的這麽一拏誰知都成了灰了雨村聽畢心下明白知士隱仙去便把那衙役打發出去了回到房中並沒提起士隱火化之言恐怕婦女不知反生悲感只說並無形跡必是他

先走了雨村出來獨坐書房正要細想士隱的話忽有家人傳報說內廷傳旨交看事件雨村疾忙上轎進內只聽見人說今日賈存周江西糧道被參回來在朝內謝罪雨村忙到了內閣見了各大臣將海疆辦理不善的旨意看了出來即忙找著賈政先說了些為他抱屈的話後又道喜問一路可好賈政也將違別以後的話細細的說了一遍雨村道謝罪的本上了去沒有賈政道已上去了等膳後下來看旨意罷正說着只聽裡頭傳出旨來叫賈政賈政即忙進去各大人有與賈政關切的都在裡頭等着等了好一回方見賈政出來看見他帶着滿頭的汗眾人迎上去接著問有什麼旨意賈政吐舌道嚇死人嚇死

人倒蒙各位大人關切幸喜没有什麽事衆人道旨意問了些什麽賈政道旨意問的是雲南私帶神鎗一案本上奏明是原任太師賈化的家人主上一時記着我們先祖的名字便問起來我忙著磕頭奏明先祖的名字是代化主上便笑了還降旨意說前放兵部後降府尹的不是也叫賈化麽那時雨村也在傍邊倒嚇了一跳便問賈政道老先生怎麽奏的賈政道我便慢慢奏道原任太師賈化是雲南人現任府尹賈某是浙江人主上又問蘇州刺史奏的賈範是你一家子麽我又磕頭奏道是主上便變色道縱使家奴强占良民妻女還成事麽我一句不敢奏主上又問道賈範是你什麽人我忙奏道是遠族主上

哼了一聲降旨叫出來了可不是咤事衆人道本來也巧怎麽一連有這兩件事賈政道事倒不奇倒是都姓賈的不好算來我們寒族人多年代久了各處都有現在雖沒有事究竟主上記着一個賈字就不好衆人說真是真假是假怕什麽賈政道我心裏巴不得不做官只是不敢告老現在我們家裏兩個世襲這也無可奈何的雨村道如今老先生仍是工部想來京官是沒有事的賈政道京官雖然無事我究竟做過兩次外任也就說不齊了衆人道二老爺的人品行事我們都佩服的就是令兄大老爺也是個好人只要在令姪輩身上嚴緊些就是了賈政道我因在家的日子少舍姪的事情不大查考我心裏也

不甚放心諸位今日提起都是至相好或者聽見東宅的姪兒家有什麼不奉規矩的事麼衆人道没聽見別的只有幾位侍郎心裡不大和睦內監裡頭也有些想來不怕什麼只要囑咐那邊令姪諸事留神就是了衆人說畢舉手而散賈政然後回家衆子侄等都迎接上來賈政迎著請賈母的安然後衆子姪俱請了賈政的安一同進府王夫人等已到了榮禧堂迎接賈政先到了賈母那裡拜見了陳述些違別的話賈母問探春消息賈政將許嫁探春的事都稟明了還說兒子起身急促難過重陽雖没有親見聽見那邊親家的人來說的極好親家老爺太太都說請老太太的安還說今冬明春大約還可調進京來

這便好了如今聞得海疆有事只怕那時還不能調賈母始則因賈政降調回來知探春遠在他鄉一無親故心下傷感後聽賈政將官事說明探春安好也便轉悲為喜便笑著叫賈政出去然後弟兄相見衆子姪拜見定了明日清晨拜祠堂賈政回到自己屋內王夫人等見過寶玉賈璉替另拜見賈政見了寶玉果然比起身之時臉面豐滿倒覺安靜並不知他心裏糊塗所以心甚喜歡不以降調為念心想幸虧老太太辦理的好又見寶釵沉厚更勝先時蘭兒文雅俊秀便喜形於色獨見環兒仍是先前究不甚鍾愛歇息了半天忽然想起為何今日短了一人王夫人知是想着黛玉前因家書未報今日又剛到家正

是喜歡不便直告只說是病着豈知寶玉的心裡已如刀攪因父親到家只得把持心性伺候王夫人設筵接風子孫敬酒鳳姐雖是侄媳現辦家事也隨了寶釵等遞酒賈政便叫遞了一巡酒都歇息去罷命衆家人不必伺候待明早拜過宗祠然後進見分派已定賈政與王夫人說些別後的話餘者王夫人都不敢言倒是賈政先提起王子騰的事來王夫人也不敢悲戚賈政又說蟠兒的事王夫人只說他是自作自受趁便也將黛玉已死的話告訴賈政反嚇了一驚不覺掉下淚來連聲嘆息王夫人也掌不住也哭了傍邊彩雲等即忙拉衣王夫人止住重又說些喜歡的話便安寢了次日一早至宗祠行禮衆子姪

都隨往賈政便在祠旁廂房坐下叫了賈珍賈璉過來問起家中事務賈珍揀可說的說了賈政又道我初回家也不便來細細查問只是聽見外頭說起你家裏更不比從前諸事要謹慎纔好你年紀也不小了孩子們該管教管教別叫他們在外頭得罪人璉兒也該聽着不是纔回家就說你們因我有所聞所以纔說的你們更該小心些賈珍等臉漲通紅的也只答應個是字不敢說什麽賈政也就罷了回歸西府衆家人磕頭畢仍復進內衆女僕行禮不必多贅只說寶玉因昨日賈政問起黛玉王夫人答以有病他便暗裏傷心直待賈政命他回去一路上已滴了好些眼淚回到房中見寶釵和襲人等說話他便獨

坐外間納悶寶釵叫襲人送過茶去知他必是怕老爺查問工課所以如此只得過來安慰寶玉便借此過去向寶釵說你今夜先睡我要定定神這時更不如從前了三言倒忘兩語老爺瞧着不好你先睡叫襲人陪我略坐坐寶釵不便強他點頭應允寶玉出來便輕輕和襲人說央他把紫鵑叫來有話問他但是紫鵑見了我臉上總是有氣須得你去解勸開了再來纔好襲人道你說要定神我倒喜歡怎麼又定到這上頭去了有話你明兒問不得寶玉道我就是今晚得閒明日倘或老爺叫幹什麼便沒空兒了好姐姐你快去叫他來襲人道他不是二奶奶叫是不來的寶玉道所以得你去說明了纔好襲人道叫我

說什麼寶玉道你還不知道我的心和他的心麼都爲的是林姑娘你說我並不是負心我如今叫你們弄成了一個負心的人了說着這話便瞧瞧裡間屋子用手指着說他是我本不願意的都是老太太他們捉弄的好端端把個林妹妹弄死了就是他死也該叫我見見說個明白他死了也不抱怨我嗄你到底聽見三姑娘他們說過的臨死恨怨我那紫鵑爲他們姑娘也是恨的我了不得你想我是無情的人麼晴雯到底是個丫頭也沒有什麼大好處他死了我實告訴你罷我還做個祭文祭他呢這是林姑娘親眼見的如今林姑娘死了難道倒不及晴雯麼我連祭都不能祭一祭況且林姑娘死了還有靈聖的

他想起來不更要怨我麼襲人道你要祭就祭去誰攔着你呢寶玉道我自從好了起來就想要做一篇祭文不知道如今怎麼一點靈機兒都沒了要祭别人呢胡亂還使得祭他是斷斷粗糙不得一點兒的所以叫紫鵑來問他姑娘的心他打那裡看出來的我沒病的頭裡還想的出來病後都不記得了你倒說林姑娘已經好了怎麼忽然死的他好的時候我不去他怎麼說來着我病的時候他不來他又怎麼說來著所有他的東西我誆過來你二奶奶總不叫動不知什麼意思襲人道二奶奶惟恐你傷心罷了還有什麼呢寶玉道我不信林姑娘既是念我爲什麼臨死把詩稿燒了不留給我作個記念又聽見說

天上有音樂響必是他成了神或是登了仙去我雖見過了棺材倒底不知道棺材裡有他沒有襲人道你這話越發糊塗了怎麽一個人沒死就擱在一個棺材裡當死了的呢寶玉道不是嗄大凡成仙的人或是肉身去的或是脫胎去的好姐姐你倒底叫了紫鵑來襲人道如今等我細細的說明了你的心他要肯來還好要不肯來還得費多少話就是來了見你也不肯細說據我的主意明日等二奶奶上去了我慢慢的問他或者倒可仔細遇着閒空兒我再慢慢的告訴你寶玉道你說得也是你不知道我心裡的著急正說着麝月出來說二奶奶說天已四更了請二爺進去睡罷襲人姐姐必是說高了興了忘了

時候見了襲人聽了道可不是該睡了有話明兒再說罷寶玉無奈只得進去又向襲人耳邊道明兒好歹别忘了襲人笑說知道了鬬着抹着臉笑道你們兩個又鬧鬼兒了爲什麽不和二奶奶說明了就到襲人那邊睡去由着你們說一夜我們也不管寶玉擺手道不用言語襲人恨道小蹄子兒你又嚼舌根看我明兒撕你的嘴回頭對寶玉道這不是你鬧的說了四更天的話一面說一面送寶玉進屋各人散去那夜寶玉無眠到了次日還想這事只聽得外頭傳進話來說衆親朋因老爺回家都要送戲接風老爺再四推辭說不必唱戲竟在家裡備了水酒倒請親朋過來大家談談於是定了後兒擺席請人所以

進來告訴不知所請何人下回分解

紅樓夢第一百四回終

紅樓夢第一百五回

錦衣軍查抄寧國府　驄馬使彈劾平安州

話說賈政正在那裡設宴請酒忽見賴大急忙走上榮禧堂來回賈政道有錦衣府堂官趙老爺帶領好幾位司官說來拜望奴才要取職名來回趙老爺說我們至好不用的一面就下了車走進來了請老爺同爺們快接去賈政聽了心想和老趙並無來往怎麼也來現在有客留他不便不留又不好正自思想賈璉說叔叔快去罷再想一回人都進來了正說著只見二門上家人又報進來說趙老爺已進二門了賈政等搶步接去只見趙堂官滿臉笑容並不說什麼一逕走上廳來後面跟着五

六位司官也有認得的也有不認得的但是總不答話賈政等心裏不得主意只得跟着上来讓坐衆親友也有認得趙堂官的見他仰着臉不大理人只拉着賈政的手笑着說了幾句寒温的話衆人看見來頭不好也有躲進裏間屋裏的也有垂手侍立的賈政正要帶笑叙話只見家人慌張報道西平王爺到了賈政慌忙去接已見王爺進來趙堂官搶上去請了安便說王爺已到隨來的老爺們就該帶領府役把守前後門衆官應了出去賈政等知事不好連忙跪接西平郡王用兩手扶起笑嘻嘻的說道無事不敢輕造有奉旨交辦事件要赦老接旨如今滿堂中筵席未散想有親友在此未便且請衆位府上親友

各散獨留本宅的人聽候趙堂官回說王爺雖是恩典但東邊的事這位王爺辦事認真想是早已封門衆人知是兩府干係恨不能脫身只見王爺笑道衆位只管就請叫人來給我送出去告訴錦衣府的官員說這都是親友不必盤査快快放出那些親友聽見就一溜烟如飛的出去了獨有賈赦賈政一干人唬得面如土色滿身發顫不多一會只見進來無數翻役各門把守本宅上下人等一步不能亂走趙堂官便轉過一付臉來回王爺道請爺宣旨意就好動手這些翻役都撩衣奮臂專等旨意西平王慢慢的說道小王奉旨帶領錦衣府趙全來査看賈赦家產賈赦等聽見俱俯伏在地王爺便站在上頭說有旨

意賈赦交通外官依勢凌弱辜負朕恩有忝祖德著革去世職欽此趙堂官一叠聲叫拿下賈赦其餘皆看守維時賈赦賈政賈璉賈珍賈蓉賈薔賈芝賈蘭俱在惟寶玉假說有病在賈母那邊打混賈環本來不大見人的所以就將現在幾人看住趙堂官即叫他的家人傳齊司員帶同番役分頭按房查抄登賬這一言不打緊唬得賈政上下人等面面相看喜得番役家人摩拳擦掌就要往各處動手西平王道聞得赦老與政老同房各爨的理應遵旨查看賈赦的家資其餘且按房封鎖我們覆旨去再候定奪趙堂官站起來說回王爺賈赦賈政並未分家聞得他侄兒賈璉現在承總管家不能不盡行查抄西平王聽

了也不言語趙堂官便說賈璉賈赦兩處須得奴才帶領查抄纔好西平王便說不必忙先傳信後宅且叫內眷迴避再查不遲一言未了老趙家奴翻役已經拉着本宅家人領路分頭查抄去了王爺喝命不許囉唣待本爵自行查看說着便慢慢的站起來吩咐說跟我的人一個不許動都給我站在這裡候着囬來一齊瞧着登數正說着只見錦衣司官跪禀說在內查出御用衣裙並多少禁用之物不敢擅動囬來請示王爺一會子又有一起人來攔住西平王囬說東跨所抄出兩箱子房地契又一箱借票都是違例取利的老趙便說好個重利盤剝很該全抄請王爺就此坐下叫奴才去全抄來再候定奪罷說着只

見王府長史來稟說守門軍傳進來說主上特派北靜王到這裡宣旨請爺接去趙堂官聽了心想我好悔氣碰着這個酸王如今那位來了我就好施威了一面想着也迎出來只見北靜王已到大廳就向外站着說有旨意錦衣府趙全聽宣說奉旨着錦衣官惟提賈赦質審餘交西平王遵旨查辦欽此西平王領了旨意甚實喜歡便與北靜王坐下着趙堂官提取賈赦回衙裡頭那些查抄的人聽得北靜王到俱一齊出來及聞趙堂官走了大家沒趣只得侍立聽候北靜王便揀選兩個誠實司官並十來個老年番役餘者一槩逐出西平王便說我正和老趙生氣幸得王爺到來降旨不然這裡很吃大虧北靜王說我

在朝內聽見王爺奉旨查抄賈宅我甚放心諒這裡不致荼毒不料老趙這麼混賬但不知現在政老及寶玉在那裡裡面不知鬧到怎麼樣了衆人回稟賈政等在下房看守着裡面已抄的亂騰騰了北靜王便吩咐司員快將賈政帶來問話衆人領命帶了上來賈政跪下不免含淚乞恩北靜王便起身拉着說政老放心便將旨意說了賈政感激涕零望北又謝了恩仍上來聽候王爺道政老方纔老趙在這裡的時候翻役呈稟有禁用之物并重利欠票我們也難掩過這禁用之物原僃辦貴妃用的我們聲明也無碍獨是借券想個什麼法兒纔好如今政老且帶司員實在將赦老家產呈出也就完事切不可再有隱

匿自干罪戾賈政答應道犯官再不敢但犯官祖父遺產並未分過惟各人所住的房屋有的東西便爲已有兩王便說這也無妨惟將赦老那邊所有的交出就是了又吩咐司員等依命行去不許胡亂混動司員領命去了且說賈母那邊女眷也擺家宴王夫人正在那邊說寶玉不到外頭看你老子生氣鳳姐帶病哼哼唧唧的說我看寶玉也不是怕人他見前頭陪客的人也不少了所以在這裡照應也是有的倘或老爺想起裡頭少個人在那裡照應太太便把寶兄弟獻出去可不是好賈母笑道鳳丫頭病到這個分兒這張嘴還是那麼尖巧正說到高興只聽見邢夫人那邊的人一直聲的嚷進來說老太太太太

不不好了多多少少的穿靴帶帽的強強盜來了翻箱倒籠的來拿東西賈母等聽着發獃又見平兒披頭散髮拉着巧姐哭哭啼啼的來說不好了我正和姐兒吃飯只見來旺被人拴着進來說姑娘快快傳進去請太太們迴避外頭王爺就進來抄家了我聽了幾乎唬死正要進房拿要緊的東西被一夥子人渾推渾赶出來了這裡該穿該帶的快快的收拾罷那王二夫人聽得俱魂飛天外不知怎樣纔好獨見鳳姐先前圓睜兩眼聽着後來一仰身便栽倒地下賈母没有聽完便嚇得涕淚交流連話也說不出來那時一屋子人拉這個扯那個正鬧得翻天覆地又聽見一疊聲嚷說叫裡頭女眷們迴避王爺進來了

寶釵寶玉等正在沒法只見地下這些丫頭婆子亂搶亂扯的時候賈璉喘吁吁的跑進來說好了好了幸虧王爺救了我們了衆人正要問他賈璉見鳳姐死在地下哭着亂叫又見老太太嚇壞了也回不過氣來更是着急還虧了平兒將鳳姐叫醒令人扶着老太太也甦醒了又哭的氣短神昏躺在炕上李紈再三寬慰然後賈璉定神將兩王恩典說明惟恐賈母邢夫人知道賈赦被拿又要唬死且暫不敢明說只得出來照料自已屋內一進屋門只見箱開櫃破物件搶得半空此時急的兩眼直竪淌淚發獃聽見外頭叫只得出來見賈政同司員登記物件一人報說伽楠壽佛一尊伽楠觀音像一尊佛座一件伽楠

念珠二串金佛一堂鍍金鏡光九件玉佛三尊玉壽星八仙一堂枷楠金玉如意各二柄古磁餅爐十七件古玩軟片共十四箱玉缸一口小玉缸二件玉碗二對玻璃大屏二架炕屏二架玻璃盤四件玉盤四件瑪瑙盤二件淡金盤四件金碗六對金搶碗八個金匙四十把銀大碗銀盤各六十個三鑲金牙筯四把鍍金執壺十二把折盂三對茶托二件銀碟銀盃一百六十件黑狐皮十八張貂皮五十六張黄白狐皮各四十四張猞猁猻皮十二張雲狐筩子二十五件海龍二十六張海豹三張虎皮六張麻葉皮三張獺子皮二十八張絳色羊皮四十張黑羊皮六十三張香鼠筩子二十件豆鼠皮二十四方天鵝絨四卷

灰鼠二百六十三張倭緞三十二度洋泥三十度𤨣璣三十三
度姑絨四十度紬緞一百三十卷紗綾一百八十卷線縐三十
二卷羽緞羽紗各二十二卷氆氌三十卷粧蟒緞十八卷各色
布三十捆皮衣一百三十二件綿夾單紗絹衣三百四十件帶
頭兒九付銅錫等物五百餘件鐘表十八件朝珠九掛珍珠十
三掛赤金首飾一百二十三件珠寶俱全上用黃緞迎手靠背
三分宮粧衣裙八套脂玉圈帶二條黃緞十二卷潮銀七千兩
淡金一百五十二兩錢七千五百串一切動用傢伙及榮國賜
第一所開刘房地契紙家人文書亦俱封裹賈璉在傍竊聽不
見報他的東西心裡正在疑惑只聞二王問道所抄家資內有

借劵實係盤剥究是誰行的政老據實纔好賈政聽了跪在地下磕頭說實在犯官不理家務這些事全不知道問犯官侄兒賈璉纔知賈璉連忙走上跪下禀說這一箱文書既在奴才屋裡抄出來的敢說不知道麽只求王爺開恩奴才叔叔並不知道的兩王道你父已經獲罪只可併案辦理你今認了也是正理如此叫人將賈璉看守餘俱散收宅内政老你須小心候旨我們進内覆旨去了這裡有官役看守說着上轎出門賈政等就在二門跪送北静王把手一伸說請放心覺得臉上大有不忍之色此時賈政魂魄方定猶是發怔賈蘭便說請爺爺到裡頭先瞧瞧老太太去呢賈政聽了疾忙起身進内只見各門上

婦女亂糟糟的都不知要怎樣賈政無心查問一直到了賈母房中只見人人淚痕滿面王夫人寶玉等圍着賈母寂靜無言各各掉淚惟有邢夫人哭作一團因見賈政進來都說好了好了便告訴老太太說老爺仍舊好好的進來了請老太太安心罷賈母奄奄一息的微開雙目說我的兒不想還見的着你一聲未了便嚎啕的哭起來于是滿屋裡的人俱哭個不住賈政恐哭壞老母即收淚說老太太放心罷本來事情原不小蒙主上天恩兩位王爺的恩典萬般軫恤就是大老爺暫時拘質等問明白了主上還有恩典如今家裡一些也不動了賈母見賈赦不在又傷心起來賈政再三安慰方止衆人俱不敢走散獨

邢夫人回至自己那邊見門全封鎖丫頭老婆也鎖在几間屋裡無處可走便放聲大哭起來只得往鳳姐那邊去見二門傍邊也上了封條惟有屋門開着裡頭嗚咽不絕邢夫人進去見鳳姐面如紙灰合眼躺着平兒在傍暗哭邢夫人打諒鳳姐死了又哭起來平兒迎上來說太太先別哭奶奶纔抬回來像是死了的歇息了一會子甦過來哭了几聲這會子畧安了安神見太太也請定定神兒罷但不知老太太怎麽樣了邢夫人也不答言仍走到賈母那邊見眼前俱是賈政的人自己夫子被拘媳婦病危女兒受苦現在身無所歸那裡止得住悲痛衆人勸慰李紈等令人收拾房屋請邢夫人暫住王夫人撥人服侍

賈政在外心驚肉跳拈鬚搓手的等候旨意聽見外面看守軍人亂嚷道你到底是那一邊的旣碰在我們這裏就記在這裏册上拴着他交給裏頭錦衣府的爺們賈政出外看時見是焦大便說怎麽跑到這裏來焦大見問便號天跺地的哭道我天天勸這些不長進的爺們倒拿我當作寃家爺還不知道焦大跟著太爺受的苦嗎今兒弄到這個田地珍大爺蓉哥兒都叫什麽王爺拿了去了裏頭女主兒們都被什麽府裏衙役搶的披頭散髮圈在一處空房裏那些不成材料的狗男女都像猪狗是的攔起來了所有的都抄出來擱着木器釘的破爛磁器打的粉碎他們還要把我拴起來我活了八九十歲只有跟着

太爺捆人的那裡有倒叫人捆起來的我說我是西府裡的就跑出來那些人不依押到這裡不想這裡也是這麼着我如今也不要命了和那些人拼了能說着撞頭衆衙役見他年老又是兩王吩咐不敢發狠便說你老人家安靜些兒罷這是奉旨的事你先歇歇聽信兒賈政聽着雖不理他但是心裡刀攪一般便道完了完了不料我們一敗塗地如此正在着急聽候內信只見薛蝌氣噓噓的跑進來說好容易進來了姨父在那裡呢賈政道來的好外頭怎麼放進來的薛蝌道我再三央及又許他們錢所以我纔能彀出入的賈政便將抄去之事告訴了他就煩他打聽打聽說別的親友在火頭兒上也不便送信是

你就好通信了薛蝌道這裡的事我倒想不到那邊東府的事我已聽見說了賈政道究竟犯什麼事薛蝌道今兒爲我哥哥打聽决罪的事在衙門裡聽見有兩位御史風聞是珍大哥引誘世家子弟賭博這一款還輕還有一大款强占良民之妻爲妾因其不從凌逼致死那御史恐怕不准還將偺們家的鮑二拿去又還拉出一個姓張的來只怕連都察院都有不是爲的是姓張的起先告過賈政尚未聽完便跺脚道了不得罷了罷了嘆了一口氣撲簌簌的掉下淚來薛蝌寬慰了幾句即便又出去打聽隔了半日仍舊進來說事情不好我在刑科裡打聽倒沒有聽見兩王覆旨的信只聽說李御史今早又參奏平安

州奏迎合京官上司虐害百姓好幾大款賈政慌道那管他人的事到底打聽我們的怎麽樣薛蝌道說是平安州就有我們那參的京官就是大老爺說的是包攬詞訟所以火上澆油就是同朝這些官府俱藏躲不迭誰肯送信卽如纔散的這些親友們有各自回家去了的也有遠遠兒的歇下打聽的可恨那些貴本家都在路上說祖宗擱下的功業弄出事來了不知道飛到那個頭上去呢大家也好施爲施爲賈政沒有聽完復又頓足道都是我們大老爺忒糊塗東府也忒不成事體如今老太太和璉兒媳婦是死是活還不知道呢你再打聽去我到老太太那邊瞧瞧若有信能彀早一步纔好正說著聽見裡頭亂

嚷出來說老太太不好了急的賈政卽忙進去未知生死如何

下回分解

紅樓夢第一百五回終

紅樓夢第一百六回

王熙鳳致禍抱羞慚　賈太君禱天消禍患

話說賈政聞知賈母危急即忙進去看視見賈母驚嚇氣逆王夫人鴛鴦等喚醒回來即用疏氣安神的丸藥服了漸漸的好些只是傷心落淚賈政在旁勸慰總說是兒子們不肖招了禍來累老太太受驚若老太太寬慰些兒子們尚可在外料理若是老太太有什麼不自在兒子們的罪孽更重了賈母道我活了八十多歲自作女孩兒起到你父親手裡都托着祖宗的福從沒有聽見過這些事如今到老了見你們倘或受罪叫我心裡過的去嗎倒不如合上眼隨你們去罷了說着又哭賈政此

時着急異常又聽外面說請老爺內廷有信賈政急忙出來見是北靜王府長史一見面便說大喜賈政謝了請長史坐下請問王爺有何諭旨那長史道我們王爺同西平郡王進內覆奏將大人懼怕之心感激天恩之語都代奏過了主上甚是憫恤並念及貴妃溘逝未久不忍加罪着加恩仍在工部員外上行走所封家產惟將賈赦的入官餘俱給還並傳旨令盡心供職惟抄出借券令我們王爺查核如有違禁重利的一槩照例入官其在定例生息的同房地文書盡行給還賈璉着革去職銜免罪釋放賈政聽畢即起身叩謝天恩又拜謝王爺恩典先請長史大人代爲稟謝明晨到闕謝恩幷到府裡磕頭那長史去

了少停傳出旨來承辦官遵旨一一查清入官者入官給還者給還將賈璉放出所有賈赦名下男婦人等造冊入官可憐賈璉屋內東西除將按例放出的文書發給外其餘雖未盡入官的早被查抄的人盡行搶去所存者只有傢伙物件賈璉始則懼罪後蒙釋放已是大幸及想起歷年積聚的東西並鳳姐的體己不下五七萬金一朝而盡怎得不疼且他父親現禁在錦衣府鳳姐病在垂危一時悲痛又見賈政含淚叫他問道我因官事在身不大理家故叫你們夫婦總理家事你父親所為固難諫勸那重利盤剝究竟是誰幹的況且非偺們這樣人家所為如今入了官在銀錢呢是不打緊的這聲名出去還了得嗎

賈璉跪下說道姪兒辦家事並不敢存一點私心所有出入的賬目自有賴大吳新登戴良等登記老爺只管叫他們來查問現在這幾年庫內的銀子出多入少雖沒貼補在內已在各處做了好些空頭求老爺問太太就知道了這些放出去的賬連姪兒也不知道那裡的銀子要問周瑞旺兒纔知道賈政道據你說來連你自己屋裡的事還不知道那些家中上下的事更不知道了我這會子也不查問你現今你無事的人你父親的事和你珍大哥的事還不快去打聽打聽嗎賈璉一心委屈含着眼淚答應了出去賈政連連嘆氣想道我祖父勤勞王事立下功勳得了兩個世職如今兩房犯事都革去了我瞧這些子

任沒一個長進的老天哪老天哪我賈家何至一敗如此我雖
蒙聖恩格外垂慈給還家產那兩處食用自應歸併一處叫我
一人那裡支撑的住方纔璉兒所說更加詫異說不但庫上無
銀而且尚有虧空這几年竟是虛名在外只恨我自己爲什麽
糊塗若此倘或我珠兒在世尚有膀臂寶玉雖大更是無用之
物想到那裡不覺淚滿衣襟又想老太太若大年紀兒子們並
沒奉養一日反累他老人家嚇得死去活來種種罪孽叫我委
之何人正在獨自悲切只見家人稟報各親友進來看候賈政
一一道謝說起家門不幸是我不能管教子姪所以至此有的
說我久知令兄赦大老爺行事不妥那邊珍爺更加驕縱若說

因官事錯誤得個不是於心無愧如今自己鬧出的倒帶累了二老爺有的說人家鬧的也多也沒見御史參奏不是珍老大得罪朋友何至如此有的說也不怪御史我們聽見說是府上的家人同几個泥腿在外頭哄嚷出來的御史恐參奏不實所以誆了這裡的人去纔說出來的我想府上待下人最寬的為什麼還有這事有的說大凡奴才們是一個養活不得的今兒在這裡都是好親友我纔敢說就是尊駕在外任我保不得你是不愛錢的那外頭的風聲也不好都是奴才們鬧的你該隄防些如今雖說沒有動你的家倘或再遇着主上疑心起來好些不便呢賈政聽說心下着忙道衆位聽見我的風聲怎樣衆

人道我們雖沒見實據只聽得外頭人說你在糧道任上怎麽叫門上家人要錢賈政聽了便說道我這是對天可表的從不敢起這個念頭只是奴才們在外頭招搖撞騙鬧出事來我就躭不起衆人道如今怕也無益只好將現在的管家們都嚴嚴的查一查若有抗主的奴才查出來嚴嚴的辦一辦也罷了賈政聽了點頭便見門上的進來回說孫姑爺打發人來說自巳有事不能來著人來瞧瞧說大老爺該他一項銀子要在二老爺身上還的賈政心内憂悶只說知道了衆人都冷笑道人說令親孫紹祖混賬果然有的如今丈人抄了家不但不來瞧看帮補倒赶忙的來要銀子真真不在理上賈政道如今且不必

說他那頭親事原是家兄配錯了的我的侄女兒的罪已經受彀了如今又找上我來了正說着只見薛蝌進來說道我打聽錦衣府趙堂官必要照御史參的辦只怕大老爺和珍大爺吃不住衆人都道二老爺還是得你出去求求王爺怎麽挽回挽回纔好不然這兩家子就完了賈政答應致謝衆人都散那時天已點燈時候賈政進去請賈母的安見賈母略略好些回到自已房中埋怨賈璉夫婦不知好歹如今鬧出放賬的事情大家不好心裡狠不受用只是鳳姐現在病重况他所有的什物盡被抄搶心內自然難受一時也未便說他暫且隱忍不言一夜無話次早賈政進內謝恩幷到北靜王府西平王府兩處叩

謝求二位王爺照應他哥哥姪兒二王應許賈政又在同寅相好處託情且說賈璉打聽得父兄之事不大妥無法可施只得囘到家中平兒守着鳳姐哭泣秋桐在耳房裡抱怨鳳姐賈璉走到旁邊見鳳姐奄奄一息就有多少怨言一時也說不出來平兒哭道如今已經這樣東西去了不能復來奶奶這樣還得再請個大夫瞧瞧纔好啊賈璉啐道呸我的性命還不保我還管他呢鳳姐聽見睁眼一瞧雖不言語那眼淚直流看見賈璉出去了便和平兒道你別不達時務了到了這個田地你還顧我做什麽我巴不得今兒就死纔好只要你能彀眼裡有我我死後你扶養大了巧姐兒我在陰司裡也感激你的情平兒聽

了越發抽抽搭搭的哭起來了鳳姐道你也不糊塗他們雖沒有來說必是抱怨我的雖說事是外頭鬧起我不放賬也沒我的事如今枉費心計挣了一輩子的強偏偏兒的落在人後頭了我還恍惚聽見珍大爺的事說是強占良民妻子爲妾不從逼死有個姓張的在裡頭你想想還有誰呢要是這件事審出來咱們二爺是脫不了的我那時候兒可怎麽見人呢我要立刻就死又躭不起吞金服毒的你還要請大夫這不是你疼我反倒害了我了麽平兒愈聽愈慘想來實在難處恐鳳姐自尋短見只得緊緊守着幸賈母不知底細因近日身子好些又見賈政無事寶玉寶釵在旁天天不離左右略覺放心素來最疼

鳳姐便叫鴛鴦將我的體己東西拿些給鳳丫頭再拿些銀錢交給平兒好好的伏侍好了鳳丫頭我再慢慢的分派又命王夫人照看邢夫人此時寧國府第入官所有財產房地等項并家奴等俱已造冊收盡這裡賈母命人將車接了尤氏婆媳過來可憐赫赫寧府只剩得他們婆媳兩個並佩鳳偕鸞二人連一個下人沒有賈母指出房子一所居住就在惜春所住的間壁又派了婆子四人丫頭兩個伏侍一應飯食起居在大廚房內分送衣裙什物又是賈母送去零星需用亦在賬房內開銷俱照榮府每人月例之數那賈赦賈珍賈蓉在錦衣府使用賬房內實在無項可支如今鳳姐兒一無所有賈璉外頭債務滿

身賈政不知家務只說已經托人自有照應賈璉無計可施想到那親戚裡頭薛姨媽家已敗王子騰已死餘者親戚雖有俱是不能照應的只得暗暗差人下屯將地畝暫賣數千金作爲監中使費賈璉如此一行那些家奴見主家勢敗也便趁此弄鬼並將東莊租稅也就指名借用些些此是後話暫且不提且說賈母見祖宗世職革去現在子孫在監質審邢夫人尤氏等日夜啼哭鳳姐病在垂危雖有寶玉寶釵在側只可解勸不能分憂所以日夜不寧思前想後眼淚不乾一日傍晚叫寶玉回去自已扎掙坐起叫鴛鴦等各處佛堂上香又命自已院內焚起斗香用拐拄着出到院中琥珀知是老太太拜佛鋪下大紅猩

毡拜垫贾母上香跪下磕了好些头念了一回佛含泪祝告天地道皇天菩萨在上我贾门史氏虔诚祷告求菩萨慈悲我贾门数世以来不敢行凶霸道我帮夫助子虽不能为善也不敢作恶必是后辈儿孙骄奢淫佚暴殄天物以致阖府抄检现在儿孙监禁自然凶多吉少皆由我一人罪孽不教儿孙所以至此我今叩求皇天保佑在监的逢凶化吉有病的早早安身总有阖家罪孽情愿一人承当求饶恕儿孙若皇天怜念我虔诚早早赐我一死宽免儿孙之罪默默说到此处不禁伤心呜呜咽咽的哭泣起来鸳鸯珍珠一面解劝一面扶进房去只见王夫人带了宝玉宝钗过来请晚安见贾母伤悲三人也大哭起

來寶釵更有一層苦楚想哥哥也在外監將來要處决不知可能減等公婆雖然無事眼見家業蕭條寶玉依然瘋傻毫無志氣想到後來終身更比賈母王夫人哭的悲痛寶玉見寶釵如此他也有一番悲戚想着老太太年老不得安心老爺太太見此光景不免悲傷眾姐妹風流雲散一日少似一日追思園中吟詩起社何等熱鬧自林妹妹一死我鬱悶到今又有寶姐姐伴着不便時常哭泣况他又憂兄思母日夜難得笑容今日看他悲哀欲絕心裡更加不忍竟嚎啕大哭起來鴛鴦彩雲鶯兒襲人看着也各有所思便都抽抽搭搭的餘者丫頭們看的傷心不覺也都哭了竟無人勸滿屋中哭聲驚天動地將外頭上

夜婆子嚇慌急報於賈政知道那賈政正在書房納悶聽見賈母的人來報心中着忙飛奔進內遠遠聽得哭聲甚衆打諒老太太不好急的魂魄俱喪疾忙進來只見坐着悲啼纔放下心來便道老太太傷心你們該勸解纔是啊怎麽打夥兒哭起來了衆人這纔急忙止哭大家對面發怔賈政上前安慰了老太太又說了衆人几句都心裡想道我們原怕老太太悲傷所以來勸解怎麽忘情大家痛哭起來正自不解只見老婆子帶了史侯家的兩個女人進來請了賈母的安又向衆人請安畢便說道我們家的老爺太太姑娘打發我來說聽見府裡的事原沒什麽大事不過一時受驚恐怕老爺太太煩惱叫我們過來

告訴一聲說這裡二老爺是不怕的了我們姑娘本要自已來的因不多几日就要出閣所以不能來了賈母聽了不便道謝說你回去給我問好這是我們的家運合該如此承你們老爺太太惦記着改日再去道謝你們姑娘出閣想來姑爺是不用說的了他們的家計如何呢兩個女人回道家計倒不怎麽着只是姑爺長的狠好爲人又和平我們見過好几次看來和這裡的寶二爺差不多兒還聽見說文才也好賈母聽了喜歡道這麽着纔好這是你們姑娘的造化只是偺們家的規矩還是南方禮兒所以新姑爺我們都沒見過我前兒還想起我娘家的人来最疼的就是你們姑娘一年三百六十天在我跟前的

日子倒有二百多天混的這麼大了我原想給他說個好女婿又爲他叔叔不在家我又不便作主他旣有造化配了個好姑爺我也放心月裡頭出閣我原想過來吃盃喜酒不料我們家鬧出這樣事來我的心就像在熱鍋裡熬的是的那裡能彀再到你們家去你回去說我問好我們這裡的人都請安問好你替另告訴你們姑娘不用把我放在心上我是八十多歲的人了就死也筭不得沒福了只願他過了門兩口兒和和順順的百年到老我就心安了說着不覺掉下淚來那女人道老太太也不必傷心姑娘過了門等回了九少不得同着姑爺過來請老太太的安那時老太太見了纔喜歡呢賈母點頭那女人出

共別人都不理論只有寶玉聽着發了一回怔心裡想道爲什麼人家養了女孩兒到大了必要出嫁呢一出了嫁就改換了一個人是的史妹妹這麼個人又叫他叔叔硬壓着配了人了他將來見了我必是也不理我了我想一個人到了這個沒人理的分兒還活着做什麼想到這裡又是傷心見賈母此時纔安又不敢哭只得悶坐着一時賈政不放心又進來瞧瞧老太太見是好些便出來傳了賴大叫他將閤府裡管事的家人的花名冊子拿來一齊點了一點除去賈赦入官的人尚有三十餘家共男女二百十二名賈政叫現在府內當差的男人共四十一名進來問起歷年居家用度共有若干進來該用若干出

去那管總的家人將近來支用簿子呈上賈政看時所入不敷所出又加連年宮裡花用賬上多有在外浮借的再查東省地租近年所交不及祖上一半如今用度比祖上加了十倍賈政不看則已看了急的跺脚道這還了得我打諒璉兒管事在家自有把持豈知好几年頭裡已經寅年用了卯年的還是這樣裝好看竟把世職俸祿當作不打緊的事有什麽不敢的呢我如今要省儉起來已是遲了想到這裡背着手踱來踱去竟無方法衆人知賈政不知理家也是白操心着急便說道老爺也不用心焦這是家家這樣的若是統總算起來連王爺家還不彀過的不過是裝着門面過到那裡是那裡罷咧如今老爺

到底得了主上的恩典纔有這點子家產若是一旦入了官老爺就不過了不成賈政嗔道放屁你們這班奴才最沒良心的仗着主子好的時候兒任意開銷到弄光了走的走跑的跑還顧主子的死活嗎如今你們說是沒有查抄你們知道嗎外頭的名聲連大本兒都保不住了還擱的住你們在外頭支架子說大話誆人騙人到鬧出事來望主子身上一推就完了如今大老爺和你珍大爺的事說是偺們家人鮑二吵嚷的我看這冊子上並沒有什麼鮑二這是怎麼說衆人回道這鮑二是不在檔子上的先前在寧府冊上爲二爺見他老實把他們兩口子叫過來了後來他女人死了他又回寧府去自從老爺衙門

裡頭有事老太太太太們和爺們往陵上去了珍大爺替理家事帶過來的已後也就去了老爺幾年不管家務事那裡知道這些事呢老爺只打諒着冊子上有這個名字就只有這一個人呢不知道一個人手底下親戚們也有好幾個奴才還有奴才呢賈政道這還了得想來一時不能清理只得喝退衆人早打了主意在心裡了且聽賈赦等的官事審的怎樣再定一日正在書房籌筭只見一人飛奔進來說請老爺快進內廷問話賈政聽了心下着忙只得進去未知吉凶下回分解

紅樓夢第一百六回終

紅樓夢第一百七回

散餘資賈母明大義　復世職政老沐天恩

話說賈政進內見了樞密院各位大臣又見了各位王爺北靜王道今日我們傳你來有遵旨問你的事賈政急忙跪下衆大臣便問道你哥哥交通外官恃強凌弱縱兒聚賭強占良民妻女不遂逼死的事你都知道麽賈政回道犯官自從主恩欽點學政任滿後查看賑恤于上年冬底回家又蒙堂派工程後又任江西粮道題參回都仍在工部行走日夜不敢怠惰一應家務並未留心伺察實在糊塗不能管叫子侄這就是辜負聖恩只求主上重重治罪北靜王據說轉奏不多時傳出旨來北靜

王便逃道主上因御史參奏賈赦交通外官恃强凌弱據該御史指出平安州互相往來賈赦包攬詞訟嚴鞫賈赦據供平安州原係姻親來往並未干涉官事該御史亦不能指寔惟有倚勢强索石獃子古扇一欵是寔的然係玩物究非强索良民之物可比雖石獃子自盡亦係瘋傻所致與逼勒致死者有間今從寬將賈赦發往臺站効力贖罪所參賈珍强占良民妻女爲妾不從逼死一欵提取都察院原案看得尤三姐寔係張華指腹爲婚未娶之妻因伊貧苦自願退婚尤三姐之母願結賈珍之弟爲妾並非强占再尤三姐自刎掩埋並未報官一欵查尤三姐原係賈珍妻妹本意爲伊擇配因被逼索定禮衆人揚言

織亂以致羞忿自盡並非賈珍逼勒致死但身係世襲職員罔知法紀私埋人命本應重治念伊究屬功臣後裔不忍加罪亦從寬革去世職派往海疆效力贖罪賈蓉年幼無干省釋賈政寔係在外任多年居官尚屬勤慎免治伊治家不正之罪賈政聽了感激涕零叩首不及又叩求王爺代奏下忱北靜王道你該叩謝天恩更有何奏賈政道犯官仰蒙聖恩不加大罪又蒙將家產給還寔在捫心惶愧願將祖宗遺受重祿積餘置產一幷交官北靜王道主上仁慈待下明慎用刑賞罰無差如今既蒙莫大深恩給還財產你又何必多此一奏衆官也說不必賈政便謝了恩叩謝了王爺出來恐賈母不放心急忙赶回上下

男女人等不知傳進賈政是何吉凶都在外頭打聽一見賈政回家都畧畧的放心也不敢問只見賈政忙忙的走到賈母跟前將蒙聖恩寬免的事細細告訴了一遍賈母雖則放心只是兩個世職革去賈赦又往台站効力賈珍又往海疆不免又悲傷起來邢夫人尤氏聽見這話更哭起來賈政便道老太太放心大哥雖則台站効力也是爲國家辦事不致受苦只要辦得妥當就可復職珍兒正是年輕很該出力若不是這樣便是祖父的餘德亦不能久享說了些寬慰的話賈母素來本不大喜歡賈赦那邊東府賈珍究竟隔了一層只有邢夫人尤氏痛哭不止邢夫人想着家産一空丈夫年老遠出膝下雖有璉兒又

是素來順他二叔的如今都靠着二叔他兩口子自然更順着那邊去了獨我一人孤苦伶仃怎麼好那尤氏本來獨掌寧府的家計除了賈珍也算是惟他爲尊又與賈珍夫妻相和如今犯事遠出家財抄盡依住榮府雖則老太太疼愛終是依人門下又兼帶着佩鳳偕鸞那蓉兒夫婦也還不能興家立業又想起二妹妹三妹妹都是璉二爺鬧的如今他們倒安然無事依舊夫妻完聚只剩我們幾個怎麼度日想到這裏痛哭起來賈母不忍便問賈政道你大哥和珍兒現已定案可能回家蓉兒既沒他的事也該放出來了賈政道若在定例呢大哥是不能回家的我已托人徇個私情叫我大哥同著侄兒回家好置辦

行裝衙門內業已應了想來蓉兒同着他爺爺父親一起出來只請老太太放心兒子辦去賈母又道我這几年老的不成人了總沒有問過家事如今東府裏是抄了去了房子入官不用說你大哥那邊璉兒那裡也都抄了咱們西府裡的銀庫和東省地土你知道還剩了多少他兩個起身也得給他們几千銀子纔好賈政正是沒法聽見賈母一問心想着若是說明又恐老太太着急若不說明不用說將來只現在怎樣辦法呢想畢便回道若老太太不問兒子也不敢說如今老太太既問到這裡現在璉兒也在這裡昨日兒子已查了舊庫的銀子早已虛空不但用盡外頭還有虧空現今大哥這件事若不花銀托人

雖說去上覔恩只怕他們爺兒兩個也不大好就是這項銀子尚無打筭東省的地畝早已寅年吃了卯年的租兒了一時也弄不過來只好儘所有蒙聖恩沒有動的衣服首飾折變了給大哥和珍兒作盤費罷了過日的事只可再打筭賈母聽了又急的眼淚直淌說道怎麽着咱們家到了這個田地了麽我雖沒有經過我想起我家向日比這裡還强十倍也是擺了几年虛架子沒有出這樣事已經塌下來了不消一二年就完了據你說起来咱們竟一兩年就不能支了賈政道若是這兩個世俸不動外頭還有些挪移如今無可指稱誰肯接濟說着也淚流滿面想起親戚來用過我們的如今都窮了沒有用過我們

的又不肯照應昨日兒子也沒有細查只看了家下的人丁册子別說上頭的錢一無所出那底下的人也養不起許多賈母正在憂慮只見賈赦賈珍賈蓉一齊進來給賈母請安賈母看這般光景一隻手拉着賈赦一隻手拉着賈珍便大哭起来他兩人臉上羞慚又見賈母哭泣都跪在地下哭着說道兒孫們不長進將祖上功勳丟了又累老太太傷心兒孫們是死無葬身之地的了滿屋中人看這光景又一齊大哭起來賈政只得勸解倒先要打算他兩個的使用大約在家只可住得一兩日遲則人家就不依了老太太含悲忍淚的說道你兩個且各自同你們媳婦們說說話兒去罷又吩咐賈政道這件事是不能

久待的想來外面挪移恐不中用那時候了欽限怎麼好只好我替你們打算罷了就是家中如此亂糟糟的也不是常法兒一面說着便叫鴛鴦吩咐去了這裡賈赦等出來又與賈政哭泣了一會都不免將從前任性過後懊悔如今分離的話說了一會各自夫妻們那邊悲傷去了賈赦年老倒還擱的下獨有賈珍與尤氏怎忍分離賈璉賈蓉兩個也只有拉着父親啼哭雖說是比軍流減等究竟生離死別這也是事到如此只得大家硬着心腸過去却說賈母叫邢王二夫人同着鴛鴦等開箱倒籠將做媳婦到如今積儹的東西都拿出來又叫賈赦賈政賈珍等一一的分派給賈赦三千兩說這裡現有的銀子你拿

二千兩去做你的盤費使用留一千給大太太另用這三千給珍兒你只許拿一千去留下二千給你媳婦收着仍舊各自過日子房子還是一處住飯食各自吃罷四丫頭將來的親事還是我的事只可憐鳳丫頭操了一輩子心如今弄的精光也給他三千兩叫他自己收着不許叫璉兒用如今他還病的神昏氣短叫平兒來拿去這是你祖父留下的衣裳還有我少年穿的衣服首飾如今我也用不着了男的呢叫大老爺珍兒璉兒蓉兒拿去分了女的呢叫大太太珍兒媳婦鳳丫頭拿了分去這五百兩銀子交給璉兒明年將林丫頭的棺材送回南去分派定了又叫賈政道你說外頭還該着賬呢這是少不得的你

叫拿這金子變賣償還這是他們闖掉了我的你也是我的兒子我並不偏向寶玉已經成了家我下剩的這些金銀東西大約還值幾千銀子這是都給寶玉的了珠兒媳婦向來孝順我蘭兒也好我也分給他們些這就是我的事情完了賈政等見母親如此明斷分晰俱跪下哭着說老太太這麼大年紀兒孫們沒點孝順承受老祖宗這樣恩典叫兒孫們更無地自容了賈母道别瞎說了要不鬧出這個亂兒來我還收着呢只是現在家人太多只有二老爺當差留幾個人就彀了你就吩咐管事的將人叫齊了分派妥當各家有人就罷了譬如那時都抄了怎麼樣呢我們裡頭的也要叫人分派該配人的配人賞去

的賞去如今雖說這房子不入官你到底把這園子交了纔是呢那些地畝還交璉兒清理該賣的賣留的留再不可支架子做空頭我索性說了罷江南甄家還有幾兩銀子大太太那裡收着該叫人就送去罷倘或再有點事兒出來可不是他們躲過了風暴又遭了雨了麽賈政本是不知當家立計的人一聽賈母的話一一領命心想老太太實在真真是理家的人都是我們這些不長進的鬧壞了賈政見賈母勞乏求着老太太歇歇養神賈母又道我所剩的東西也有限等我死了做結果我的使用下剩的都給伏侍我的丫頭賈政等聽到這裡更加傷感大家跪下請老太太寬懷只願兒子們托老太太的福過了

些時都邀了恩眷那時兢兢業業的治起家來以贖前愆奉養老太太到一百歲賈母道但願這樣纔好我死了也好見祖宗你們別打諒我是享得富貴受不得貧窮的人哪不過這幾年看着你們轟轟烈烈我樂得都不管說說笑笑養身子罷了那知道家運一敗直到這樣若說外頭好看裡頭空虛是我早知道的了只是居移氣養移體一時下不了臺就是了如今借此正好收斂守住這個門頭兒不然叫人笑話你還不知只打諒我知道窮了就着急的要死我心裡是想着祖宗莫大的功勳無一日不指望你們比祖宗還強能彀守住也罷了誰知他們爺兒兩個做些什麼勾當賈母正自長篇大論的說只見豐兒

慌慌張張的跑來回王夫人道今早我們奶奶聽見外頭的事哭了一場如今氣都接不上了平兒叫我來回太太豐兒沒有說完賈母聽見便問到底怎麽樣王夫人便代回道如今說是不大好賈母起身道嗳這些冤家竟要磨死我了說着叫人扶着要親自看去賈政急忙攔住勸道老太太傷了好一會子心又分派了好些事這會子該歇歇兒了就是孫子媳婦有什麽事叫媳婦瞧去就是了何必老太太親身過去呢倘或再傷感起來老太太身上要有一點兒不好叫做兒子的怎麽處呢賈母道你們各自出去等一會子再進來我還有話說賈政不敢多言只得出來料理兄姪起身的事又叫賈璉挑人跟去這裡

賈母纔叫鴛鴦等派人拿了給鳳姐的東西跟着過來鳳姐正在氣厥平兒哭的眼腫腮紅聽見賈母帶着王夫人等過來疾忙出來迎接賈母便問這會子怎麼樣了平兒恐驚了賈母便說這會子好些兒諒着跟了賈母等進来趕忙先走過去輕輕的揭開帳子鳳姐開眼瞧著只見賈母進來滿心慚愧先前原打諒賈母等惱他不疼他了是死活由他的不料賈母親自來瞧心裡一寛覺那擁塞的氣略鬆動些便要扎掙坐起賈母叫平兒按着不用動你好些麼鳳姐含淚道我好些了只是從小兒過来老太太太太怎麼樣疼我那知我福氣薄叫神鬼支使的失魂落魄不能彀在老太太太太跟前盡點兒孝心討個好

見還這樣把我當人叫我帮著料理家務被我鬧的七顛八倒我還有什麼臉見老太太太太呢今日老太太太太親自過來我更擔不起了恐怕該活三天的又折了兩天去了說著悲咽賈母道那些事原是外頭鬧起來的與你什麼相干就是你的東西被人拿去這也算不了什麼呀我帶了好些東西給你你瞧瞧說著叫人拿上來給他瞧瞧鳳姐本是貪得無厭的人如今被抄淨盡自然愁苦又恐人埋怨正是幾不欲生的時候今見賈母仍舊疼他王夫人也不嗔怪過來安慰他又想賈璉無事心下安放好些便在枕上與賈母磕頭說道請老太太放心若是我的病托着老太太的福好了我情願自已當個粗使的丫

頭盡心竭力的伏侍老太太太太罷賈母聽他說的傷心不免掉下淚來寶玉是從來沒有經過這大風浪的心下只知安樂不知憂患的人如今碰來碰去都是哭泣的事所以他竟比傻子尤甚見人哭他就哭鳳姐看見衆人憂悶反倒勉强說幾句寬慰賈母的話求着請老太太太太回去我略好些過來磕頭說着將頭仰起賈母叫平兒好生服侍短什麽到我那裏要去說着帶了王夫人將要回到自己房中只聽見兩三處哭聲賈母聽着實在不忍便叫王夫人散去叫寶玉去見你大爺大哥送一送就回來自己躺在榻上下淚幸喜鴛鴦等能用百樣言語勸解賈母暫且安歇不言賈赦等分離悲痛那些跟去的人

誰是願意的不免心中抱怨叫苦連天正是生離果勝死別看者比受者更加傷心好好的一個榮國府鬧到人嚎鬼哭賈政最循規矩在倫常上也講究的執手分別後自已先騎馬赶至城外舉酒送行又叮嚀了好些國家軫恤勳臣力圖報稱的話賈赦等揮淚分頭而別賈政帶了寶玉回家未及進門只見門上有好些人在那裡亂嚷說今日旨意將榮國公世職着賈政承襲那些人在那裡要喜錢門上人和他們分爭說是本来的世職我們本家襲了有什麼喜報那些人說道那世職的榮耀比任什麼還難得你們大老爺鬧掉了想要這個再不能的了如今聖人的恩典比天還大又賞給二老爺了這是千載難逢

的怎麽不給喜錢正鬧著賈政回家門上回了雖則喜歡究竟是哥哥犯事所致反覺感極涕零赶着進內告訴賈母賈母自然喜歡拉着說了些勤黽報恩的話王夫人正恐賈母傷心過來安慰聽得世職復還也是歡喜獨有邢夫人尤氏心下悲苦只不好露出來且說外面這些趨炎奉勢的親戚朋友先前賈宅有事都遠避不來今兒賈政襲職知聖眷尚好大家都來賀喜那知賈政純厚性成因他襲哥哥的職心內反生煩惱只知感激天恩于第二日進內謝恩到底將賞還府第園子備摺奏請入官內廷降旨不必賈政纔得放心回家已後循分供職但是家計蕭條入不敷出賈政又不能在外應酬家人們見賈政

忠厚鳳姐抱病不能理家賈璉的虧空一日重似一日難免典房賣地府內家人几個有錢的怕賈璉纏擾都裝窮躲事甚至告假不來各自另尋門路獨有一個包勇雖是新投到此恰遇榮府壞事他倒有些真心辦事見那些人欺瞞主子便時常不忿奈他是個新來乍到的人一句話也揷不上他便生氣每日吃了就睡衆人嫌他不肯隨和便在賈政前說他終日貪杯生事並不當差賈政道隨他去罷原是甄府荐來不好意思橫豎家內添這一個人吃飯雖說窮也不在他一人身上並不叫驅逐衆人又在賈璉跟前說他怎麼樣不好賈璉此時也不敢自作威福只得由他忽一日包勇奈不過吃了幾杯酒在榮府街

上閒逛見有兩個人說話那人說道你瞧這麽個大府前兒抄了家不知如今怎麽樣了那人道他家怎麽能敗聽見說裡頭有位娘娘是他家的姑娘雖是死了到底有根基的況且我常見他們來往的都是王公侯伯那裡沒有照應就是現在的府尹前任的兵部是他們的一家兒難道有這些人還護庇不來麽那人道你白住在這裡別人猶可獨是那個賈大人更了不得我常見他在兩府來往前兒御史雖參了主子還叫府尹查明實蹟再辦你說他怎麽樣他本沾過兩府的好處怕人說他迴護一家兒他倒狠狠的踢了一脚所以兩府裡纔到底抄了你說如今的世情還了得嗎兩人無心說閒話豈知旁邊有人

跟着聽的明白包勇心下暗想天下有這樣人但不知是我們老爺的什麽人我若見了他便打他一個死鬧出事來我承當去那包勇正在酒後胡思亂想忽聽那邊喝道而來包勇遠遠跕着只見那兩人輕輕的說道這來的就是那個賈大人了包勇聽了心裡懷恨趁着酒興便大聲說道沒良心的男女怎麽忘了我們賈家的恩了雨村在轎内聽得一個賈字便留神觀看見是一個醉漢也不理會過去了那包勇醉着不知好歹便得意洋洋回到府中問起同伴知是方纔見的那位大人是這府裡提拔起來的他不念舊恩反來踢弄咱們家裡見了他罵他几句他竟不敢答言那榮府的人本嫌包勇只是主人不計

較他如今他又在外頭惹禍正好趁著賈政無事便將包勇喝酒鬧事的話回了賈政賈政此時正怕風波聽見家人回稟便一時生氣叫進包勇來數罵了几句也不好深沉責罰他便派去看園不許他在外行走那包勇本是個直爽的脾氣投了主子他便赤心護主那知賈政反倒聽了別人的話罵他他也不敢再辯只得收拾行李往園中看守澆灌去了未知後事如何且聽下回分解

紅樓夢第一百七回終

紅樓夢第一百八回

强歡笑蘅蕪慶生辰　死纏綿瀟湘聞鬼哭

却說賈政先前曾將房産並大觀園奏請入官內廷不收又無人居住只好封鎖因園子接連尤氏惜春住宅太覺曠濶無人遂將包勇罰看荒園此時賈政理家奉了賈母之命將人户漸次减少諸凡省儉尚且不能支持幸喜鳳姐是賈母心愛的人王夫人等雖不大喜歡若說治家辦事尚能出力所以內事仍交鳳姐辦理但近來因被抄以後諸事運用不來也是每形拮据那些房頭上下人等原是寬裕慣了的如今較往日十去其七怎能周到不免怨言不絕鳳姐也不敢推辭在賈母前扶病

承歡過了些時賈赦賈珍各到當差地方恃有用度暫且自安寫書回家都言安逸家中不必掛念於是賈母放心邢夫人尤氏也畧略寛懷一日史湘雲出嫁回門來賈母這邊請安賈母提起他女婿甚好史湘雲也將那裡家中平安的話說了請老太太放心又提起黛玉去世不免大家落淚賈母又想起迎春苦楚越覺悲傷起來史湘雲解勸一回又到各家請安問好畢仍到賈母房中安歇言及薛家這樣人家被薛大哥鬧的家破人亡今年雖是緩决人犯明年不知可能减等賈母道你還不知道呢昨兒蟠兒媳婦死的不明白幾乎又閙出一塲事來還幸虧老佛爺有眼叫他帶來的丫頭自巳供出來了那夏奶奶

沒的鬧了自家擱住相驗你姨媽這裡纔將皮裹肉的打發出去了如今守着蝌兒過日子這孩子却有良心他說哥哥在監裡尚沒完事不肯娶親你邢妹妹在大太太那邊也就很苦琴姑娘為他公公死了還沒滿服梅家尚未娶去你說說真真是六親同運薛家是這麽着二太太的娘家大舅太爺一死鳳丫頭的哥哥也不成人那二舅太爺是個小氣的又是官項不清也是打饑荒甄家自從抄家已後別無信息湘雲道三姐姐去了會有書字回來麽賈母道自從出了嫁二老爺回來說你三姐姐在海疆很好只是沒有書信我也是日夜惦記為我們家連連的出些不好事所以我也顧不來如今四丫頭也沒有給

他提親環兒呢誰有功夫提起他來如今我們家的日子比你從前在這裡的時候更苦了只可憐你寶姐姐自過了門沒過一天舒服日子你二哥哥還是那麼瘋瘋顛顛這怎麼好呢湘雲道我從小兒在這裡長大的這裡那些人的脾氣我都知道的這一回來了竟都改了樣子了我打諒我隔了好些時沒來他們生踈我我細想起來竟不是的就是見了我瞧他們的意思原要像先一樣的熱鬧不知道怎麼說說就傷起心來了所以我坐了坐兒就到老太太這裡來了賈母道如今的日子在我也罷了他們年輕輕兒的人還了得我正要想個法兒叫他們還熱鬧一天纔好只是打不起這個精神來湘雲道我想起

來了寶姐姐不是後兒的生日嗎我多住一天給他拜個壽八家熱鬧一天不知老太太怎麼樣賈母道我眞正氣糊塗了你不提我竟忘了後日可不是他的生日嗎我明日拿出錢來給他辦個生日他沒有定親的時候倒做過好幾次如今過了門倒沒有做寶玉這孩子頭裡狠伶俐狠淘氣如今因爲家裡的事不好把這孩子越發弄的話都沒有了倒是珠兒媳婦還好他有的時候是這麼着沒的時候他也是這麼着帶着蘭兒靜靜兒的過日子倒難爲他湘雲道別人還不離獨有璉二嫂子連模樣兒都改了說話也不伶俐了明日等我來引逗他們看他們怎麼樣但只他們嘴裡不說心裡要抱怨我說我有了剛

說到這裡却把個臉飛紅了賈母會意道這怕什麼當初姊妹們都是在一處樂慣了的說說笑笑再別留這些心大凡一個人有也罷沒也罷總要受得富貴耐得貧賤纔好呢你寶姐姐生來是個大方的人頭裡他家這樣好他也一點兒不驕傲後來他家壞了事他也是舒舒坦坦的如今在我家裡寶玉待他好他也是那樣安頓一時待他不好也不見他有什麼煩惱我看這孩子倒是個有福的你林姐姐他就最小性兒又多心所以到底兒不長命的鳳丫頭也見過些事狠不該畧見些風波就改了樣子他若這樣沒見識也就是小器了後兒寶丫頭的生日我另拿出銀子來熱熱鬧鬧的給他做個生日也叫他喜

歡這麼一天湘雲答應道老太太說的狠是索性把那些姐妹們都請了來大家敘一敘賈母道自然要請的一時高興遂叫鴛鴦拿出一百銀子來交給外頭叫他明日起預備兩天的酒飯鴛鴦領命叫婆子交了出去一宿無話次日傳話出去打發人去接迎春又請了薛姨媽寶琴叫帶了香菱來又請李嬸娘不多半日李紋李綺都來了寶釵本不知道聽見老太太的丫頭來請說薛姨太太來了請二奶奶過去呢寶釵心裡喜歡便是隨身衣服過去要見他母親只見他妹子寶琴並香菱都在這裡又見李嬸娘等人也都來了心想那些人必是知道我們家的事情完了所以來問候的便去問了李嬸娘好見了賈母

然後與他母親說了幾句話和李家姐妹們問好湘雲在旁說道太太們請都坐下讓我們姐妹們給姐姐拜壽寶釵聽了倒呆了一呆回來一想可不是明日是我的生日嗎便說妹妹們過來瞧老太太是該的若說爲我的生日是斷斷不敢的正推讓著寶玉也來請薛姨媽李嬸娘的安聽見寶釵自己推讓他心裡本早打算過寶釵生日因家中鬧得七顛八倒也不敢在賈母處提起今見湘雲等衆人要拜壽便喜歡道明日纔是生日我正要告訴老太太來湘雲笑道扯臊老太太還等你告訴你打諒這些人爲什麽來是老太太請的寶釵聽了心下未信只聽賈母合他母親道可憐寶丫頭做了一年新媳婦家裡接

二連三的有事總沒有給他做過生日今日我給他做個生日請姨太太太太們來大家說說話兒薛姨媽道老太太這些時心裏纔安他小人兒家還沒有孝敬老太太倒要老太太操心湘雲道老太太最疼的孫子是二哥哥難道二嫂子就不疼了麽況且寶姐姐也配老太太給他做生日寶釵低頭不語寶玉心裏想道我只說史妹妹出了閣必換了一個人了我所以不敢親近他他也不來理我如今聽他的話竟和先前是一樣的爲什麽我們那個過了門更覺的靦腆了話都說不出來了呢正想着小丫頭進來說二姑奶奶回來了隨後李紈鳳姐都進來大家廝見一番迎春提起他父親出門說本要赶來見見只

是他攔着不許來說是偺們家正是晦氣時候不要沾染在身上我扭不過沒有来直哭了兩三天鳳姐道今兒爲什麽肯放你囘來迎春道他又說偺們家二老爺又襲了職還可以走走不妨事的所以纔放我來說着又哭起来賈母道我原爲悶的慌今日接你們來給孫子媳婦過生日說說笑笑解個悶兒你們又提起這些煩事來又招起我的煩惱來了迎春等都不敢作聲了鳳姐雖勉强說了幾句有興的話終不似先前爽利招人發笑賈母心裡要寳釵喜歡故意的慪鳳姐兒說話鳳姐也知賈母之意便竭力張羅說道今兒老太太喜歡些了你看這些人好幾時沒有聚在一處今見齊全說著囘過頭去看見婆

婆尤氏不在這裡又綁住了口賈母爲着齊全兩字也想邢夫人等叫人請去邢夫人尤氏惜春等聽見老太太叫不敢不來心内也十分不愿意想着家業零敗偏又高興給寶釵做生日到底老太太偏心便來了也是無精打彩的賈母問起岫烟來邢夫人假說病着不來賈母會意知薛姨媽在這裡有些不便也不提了一時擺下菓酒賈母說也不送到外頭今日只許偺們娘兒們樂一樂寶玉雖然娶過親的人因賈母疼愛仍在裡頭打混但不與湘雲寶琴等同席便在賈母身旁設着一個坐兒他替寶釵輪流敬酒賈母道如今且坐下大家喝酒到挨晚兒再到各處行禮去若如今行起禮来大家又鬧規矩把我的

興頭打回去就沒趣了寶釵便依言坐下賈母又向眾人道偺們今兒索性灑脫些各留一兩個人伺候我叫鴛鴦帶了彩雲鶯兒襲人平兒等在後間去也喝一鍾酒鴛鴦等說我們還沒有給二奶奶磕頭怎麼就好喝酒去呢賈母道我說了你們只管去用的着你們再來鴛鴦等去了這裡賈母纔讓薛姨媽等喝酒見他們都不是往常的樣子賈母着急道你們到底是怎麼着大家高興些纔好湘雲道我們又吃又喝還要怎麼着呢鳳姐道他們小的時候都高興如今礙着臉不敢混說所以老太太瞧着冷淨了寶玉輕輕的告訴賈母道話是沒有什麼說的再說就說到不好的上頭去了不如老太太出個主意叫他

們行個令兒罷賈母側着耳聽聽了笑道若是行令又得叫鴛
鴦去寶玉聽了不待再說就出席到後間去找鴛鴦說老太太
要行令叫姐姐去呢鴛鴦道小爺讓我們舒舒服服的喝一鍾
罷何苦來又來攪什麼寶玉道當真老太太說的叫你去呢與
我什麼相干鴛鴦沒法說道你們只管喝我去了就來便到賈
母那邊老太太道你來了麼這裡要行令呢鴛鴦道聽見寶二
爺說老太太叫我纔來的不知老太太要行什麼令兒賈母道
那文的怪悶的慌武的又不好你倒是想個新鮮頑意兒纔好
鴛鴦想了想道如今姨太太有了年紀不肯費心倒不如拿出
令盆骰子來大家擲個曲牌名兒賭輸贏酒罷賈母道這也使

得使命人取骰盆放在案上鴛鴦說如今用四個骰子擲去擲不出名兒來的罰一盃擲出名兒來每人喝酒的盃數兒擲出來再定衆人聽了道這是容易的我們都隨着鴛鴦便打點兒衆人叫鴛鴦喝了一盃就在他身上數起恰是薛姨媽先擲薛姨媽便擲了一下却是四個么鴛鴦道這是有名的叫做商山四皓有年紀的喝一盃于是賈母李嬸娘邢王兩夫人都該喝賈母舉酒要喝鴛鴦道這是姨太太擲的還該姨太太說個曲牌名兒下家接一句千家詩說不出來的罰一盃薛姨媽道你又來算計我了我那裡說的上來賈母道不說到底寂寞還是說一句的好下家兒就是我了若說不出來我陪姨太太喝一

鍾就是了薛姨媽便道我說個臨老入花叢賈母點點頭兒道將謂偷閒學少年說完骰盆過到李紋便擲了兩個四兩個二鴛鴦說也有名兒了這叫劉阮入天台李紋便接着說了個二士入桃源下手兒便是李紈說道尋得桃花好避秦大家又喝了一口骰盆又過到賈母跟前便擲了兩個二兩個三賈母道這要喝酒了鴛鴦道有名兒的這是江燕引雛衆人都該喝一盃鳳姐道雛是雛倒飛了好些了衆人瞅了他一眼鳳姐便不言語賈母道我說什麽呢公領孫罷下手是李綺便說道閒看兒童捉柳花衆人都說好寶玉巴不得要說只是令盆輪不到正想着恰好到了跟前便擲了一個二兩個三一個么便說道

這是什麽鴛鴦笑道這是個臭先喝一鍾再擲罷寶玉只得喝了又擲這一擲擲了兩個三兩個四鴛鴦道有了這叫做張敞畫眉寶玉知是打趣他寶釵的臉也飛紅了鳳姐不大懂得還說二兄弟快說了再找下家兒是誰寶玉難說自認罰了罷我也没下家兒過了令盆輪到李紈便擲了一下鴛鴦道大奶奶擲的是十二金釵寶玉聽了趕到李紈身傍看時只見紅緑對開便說這一個好看的很忽然想起十二釵的夢來便呆呆的退到自已座上心裡想這十二釵說是金陵的怎麽我家這些人如今七大八小的就剩了這幾個復又看看湘雲寶釵雖說都在只是不見了黛玉一時按捺不住眼淚便要下來恐人看

兒便說身上燥的狠脫脫衣裳去掛了籌出席去了史湘雲看見寶玉這般光景打諒寶玉擲不出好的來被別人擲了去心裡不喜歡纔去的又嫌那個令兒沒趣便有些煩只見李紈道我不說了席間的人也不齊不如罰我一盃賈母道這個令兒也不熱鬧不如蠲了罷讓鴛鴦擲一下看擲出個什麼來小丫頭便把令盆放在鴛鴦跟前鴛鴦依命便擲了兩個二一個五那一個骰子在盆裡只管轉鴛鴦叫道不要五那骰子单單轉出一個五來鴛鴦道了不得我輸了賈母道這是不算什麼的嗎鴛鴦道名兒倒有只是我說不上曲牌名來賈母道你說名兒我給你謅鴛鴦道這是浪掃浮萍賈母道這也不難我替你

說個秋魚入菱窠鴛鴦下手的就是湘雲便道白萍吟盡楚江秋眾人都道這句狠確賈母道這令完了偺們喝兩盃吃飯罷回頭一看見寶玉還沒進來便問道寶玉那裡去了還不來鴛鴦道换衣裳去了賈母道誰跟了去的那鶯兒便上來回道我看見二爺出去我叫襲人姐姐跟了去了賈母王夫人纔放心等了一回王夫人叫人去找小丫頭到了新房子裡只見五兒在那裡揷蠟小丫頭便問寶二爺那裡去了五兒道在老太太那邊喝酒呢小丫頭道我打老太太那裡來太太叫我來找豈有在那裡倒叫我來找的呢五兒道這就不知道了你到別處找去罷小丫頭沒法只得回來遇見秋紋問道你見二爺那裡

去了秋紋道我也找他太太們等他吃飯這會子那裡去了呢你快去回老太太去不必說不在家只說喝了酒不大受用不吃飯了略躺一躺再來請老太太太太們吃飯罷小丫頭依言回去告訴珍珠珍珠回了賈母賈母道他本來吃不多不吃也罷了叫他歇歇罷告訴他今兒不必過來有他媳婦在這裡就是了珍珠便向小丫頭道你聽見了小丫頭答應着不便說明只得在別處轉了一轉說告訴了衆人也不理會吃畢飯大家散坐閒話不題且說寶玉一時傷心走出來正無主意只見襲人赶來問是怎麼了寶玉道不怎麼只是心裡怪煩的要不趁他們喝酒偺們兩個到珍大奶奶那裡逛逛去襲人道珍大奶

奶在這裡去找誰寶玉道不找誰瞧瞧他既在這裡住的房屋怎麽樣襲人只得跟着一面走一面說走到尤氏那邊又一個小門兒半開半掩寶玉也不進去只見看園門的兩個婆子坐在門檻上說話兒寶玉問道這小門兒開着麽婆子道天天不開今兒有人出來說今日預備老太太要用園裡的菓子纔開着門等着呢寶玉便慢慢的走到那邊果見腰門半開寶玉纔要進去襲人忙拉住道不用去園裡不干凈常沒有人去別叫撞見什麽寶玉仗着酒氣說道我不怕那些襲人苦苦的拉住不容他去婆子們上來說道如今這園子安靜的了自從那日道士拿了妖去我們摘花兒打菓子一個人常走的二爺要去

偺們都跟着有這些人怕什麽寶玉喜歡襲人也不便相強只得跟着寶玉進得園來只見滿目淒凉那些花木枯萎更有幾處亭館彩色久經剝落遠遠望見一叢翠竹倒還茂盛寶玉一想說我自病時出園住在後邊一連幾個月不准我到這裡瞬息荒凉你看獨有那幾杆翠竹菁葱這不是瀟湘館麽襲人道你幾個月沒來連方向都忘了偺們只管說話兒不覺將怡紅院走過了回頭用手指着道這纔是瀟湘館呢寶玉順着襲人的手一瞧道可不是過了嗎偺們回去瞧瞧襲人道天晚了老太太必是等着吃飯該回去了寶玉不言找着舊路竟往前走你道寶玉雖離了大觀園將及一載豈遂忘了路徑只因襲

人怕他見了瀟湘館想起黛玉又要傷心所以要用言混過後來見寶玉只望裡走又怕他招了邪氣所以哄着他只說已經走過了那裡知道寶玉的心全在瀟湘館上此時寶玉往前急走襲人只得赶上見他站着似有所見如有所聞便道你聽什麼寶玉道瀟湘館倒有人住麼襲人道大約沒有人罷寶玉道我明明聽見有人在內啼哭怎麼沒有人襲人道是你疑心素常你到這裡常聽見林姑娘傷心所以如今還是那樣寶玉不信還要聽去婆子們赶上說道二爺快回去罷天已晚了別處我們還敢走走這裡的路兒隱僻又聽見人說這裡打林姑娘死後常聽見有哭聲所以人都不敢走的寶玉襲人聽說都吃

了一驚寶玉道可不是說著便滴下淚來說林妹妹林妹妹好好兒的是我害了你了你別怨我只是父母作主並不是我負心愈說愈痛便大哭起來襲人正在沒法只見秋紋帶着些人趕來對襲人道你好大胆子怎麽和二爺到這裡來老太太太太急的打發人各處都找到了剛纔腰門上有人說是你和二爺到這裡來了唬的老太太太太們了不得罵着我叫我帶人趕來還不快回去呢寶玉猶自痛哭襲人也不顧他哭兩個人拉著就走一面替他拭眼淚告訴他老太太着急寶玉沒法只得回來襲人知老太太不放心將寶玉仍送到賈母那邊衆人都等着未散賈母便說襲人我素常因你明白纔把寶玉交給

你怎麽今兒帶他園裡去他的病纔好倘或撞着什麽又鬧起來那可怎麽好襲人也不敢分辨只得低頭不語寳釵看寳玉顏色不好心裡着實的吃驚倒還是寳玉恐襲人受委屈說道青天白日怕什麽我因爲好些時沒到園裡逛逛今兒趁着酒興走走那裡就撞着什麽了呢鳳姐在園裡吃過大虧的聽到那裡寒毛直竪說寳兄弟膽子忒大了湘雲道不是胆大倒是心實不知是會芙蓉神去了還是尋什麽仙去了寳玉聽著也不答言獨有王夫人急的一言不發賈母問道你到園裡沒有唬著呀不用說了巳後要逛到底多帶幾個人纔好不是你鬧的大家早散了去能好好的睡一夜明兒一早過來我要找補

叫你們再樂一天呢別爲他又鬧出什麽原故來衆人聽說遂辭了賈母出來薛姨媽便到王夫人那裡住下史湘雲仍在賈母房中迎春便往惜春那裡去了餘者各自回去不題獨有寶玉回到房中噯聲嘆氣寶釵明知其故也不理他只是怕他憂悶勾出舊病來便進裡間叫襲人來細問他寶玉到園怎麽樣的光景未知襲人怎生回說下回分解

紅樓夢第一百八回終

紅樓夢第一百九回

候芳魂五兒承錯愛　還孽債迎女返真元

話說寶釵叫襲人問出原故恐寶玉悲傷成疾便將黛玉臨死的話與襲人假作閑談說是人在世上有意有情到了死後各自幹各自的去了並不是生前那樣的人死後還是那樣活人雖有痴心死的竟不知道況且林姑娘既說仙去他看凡人是個不堪的濁物那裡還肯混在世上只是人自已疑心所以招出些邪魔外祟來纏擾寶釵雖是與襲人說話原說給寶玉聽的襲人會意也說是沒有的事若說林姑娘的魂靈兒還在園裡我們也算相好怎麼沒有夢見過一次寶玉在外面聽着細

細的想道果然也奇我知道林妹妹死了那一日不想幾遍怎麼從没夢見想必他到天上去了瞧我這凡夫俗子不能交通神明所以夢都没有一個兒我如今就在外間睡或者我從園裡回來他知道我的心肯與我夢裡一見我必要問他實在那裡去了我也時常祭奠若是果然不理我這濁物竟無一夢我便也不想他了主意已定便說我今夜就在外間睡你們也不用管我寶釵也不强他只說你不用胡思亂想你没瞧見太太因你園裡去了急的話都說不出來你這會子還不保養身子倘或老太太知道了又說我們不用心寶玉道白這麼說罷咧我坐一會子就進來你也乏了先睡罷寶釵料他必進來的假

意說道我睡了叫襲姑娘伺候你罷寶玉聽了正合機宜等寶釵睡下他便叫襲人麝月另鋪設下一付被褥常叫人進來照二奶奶睡着了沒有寶釵故意裝睡也是一夜不寧那寶玉只當寶釵睡着便與襲人道你們各自睡罷我又不傷感你若不信你就伏侍我睡了再進去只要不驚動我就是了襲人果然伏侍他睡下預備下了茶水關好了門進裡間去照應了一回各自假寐等着寶玉若有動靜再出來寶玉見襲人進去了便將坐更的兩個婆子支到外頭他輕輕的坐起來暗暗的祝贊了幾句方纔睡下起初再睡不着已後把心一靜誰知竟睡着了却倒一夜安眠直到天亮方纔醒來拭了拭眼坐着想了一

間並無有夢便嘆口氣道正是悠悠生死別經年魂魄不曾來入夢寶釵反是一夜沒有睡着聽見寶玉在外邊念這兩句便接口道這話你說莽撞了若林妹妹在時又該生氣了寶玉聽了自覺不好意思只得起來搭赸着進裡間來說我原要進來不知怎麼一個盹兒就打着了寶釵道你進來不進來與我什麼相干襲人也本沒有睡聽見他們兩個說話即忙上來倒茶只見老太太那邊打發小丫頭來問寶二爺昨夜睡的安頓麼若安頓早早的同二奶奶梳洗了就過去襲人道你去回老太太說寶玉昨夜狠安頓回来就過來小丫頭去了寶釵連忙梳洗了鶯兒襲人等跟著先到賈母那裡行了禮便到王夫人那

邊起至鳳姐都讓過了仍到賈母處見他母親也過來了大家問起寶玉晚上好麽寶釵便說回去就睡了沒有什麽衆人放心又說些閒話只見小丫頭進來說二姑奶奶要回去了聽見說孫姑爺那邊人來到大太太那裡說了些話大太太叫人到四姑娘那邊說不必留了讓他去罷如今二姑奶奶在大太太那邊哭呢大約就過來辭老太太賈母衆人聽了心中好不自在都說二姑娘這麽一個人爲什麽命裡遭着這樣的人一輩子不能出頭這可怎麽好呢說着迎春進來淚痕滿面因是寶釵的好日子只得含着淚辭了衆人要回去賈母知道他的苦處也不便强留只說道你回去也罷了但只不用傷心碰着這

樣人也是沒法兒的過幾天我再打發人接你去罷迎春道老太太始終疼我如今也疼不來了可憐我沒有再來的時候兒了說着眼淚直流衆人都勸道這有什麽不能回來的呢比不得你三妹妹隔得遠要見面就難了賈母等想起探春不覺也大家落淚爲是寶釵的生日只得轉悲作喜說這也不難只要海疆平靜那邊親家調進京來就見的着了大家說可不是這麽着麽說着迎春只得含悲而別大家送了出來仍回賈母那裡從早至暮〻鬧了一天衆人見賈母勞乏各自散了獨有薛姨媽辭了賈母到寶釵那裡說道你哥哥是今年過了直要等到皇恩大赦的時候減了等纔好贖罪這幾年叫我孤苦伶仃

怎麼處我想要給你二哥哥完婚你想想好不好寶釵道媽媽是因爲大哥哥娶了親唬怕了的所以把二哥哥的事也疑惑起來據我說很該辦邢姑娘是媽媽知道的如今在這裏也很苦娶了去雖說咱們窮究竟比他傍人門戶好多著呢薛姨媽道你得便的時候就去回明老太太說我家沒人就要擇日子了寶釵道媽媽只管和二哥哥商量挑個好日子過來和老太太大太太說了娶過去就完了一宗事這裏大太太也巴不得娶了去纔好薛姨媽道今日聽見史姑娘也就回去了老太太心裏要留你妹妹在這裏住幾天所以他住下了我想他也是不定多早晚就走的人了你們姐妹們也多叙幾天話兒寶釵

道正是兆于是薛姨媽又坐了一坐出來辭了衆人回去了郤說寶玉晚間歸房因想昨夜黛玉竟不入夢或者他已經成仙所以不肯來見我這種濁人也是有的不然就是我的性兒太急了也未可知便想了個主意向寶釵說道我昨夜偶然在外頭睡着似乎比在屋裡睡的安穩些今日起來心裡也覺清淨我的意思還要在外頭睡兩夜只怕你們又來攔我寶釵聽了明知早晨他嘴裡念詩自然是爲黛玉的事了想來他那個獃性是不能勸的倒好叫他睡兩夜索性自已死了心也罷了況兼昨夜聽他睡的倒也安靜便道好沒來由你只管睡去我們攔你作什麼但只別胡思亂想的招出些邪魔外祟來寶玉笑

道誰想什麽襲人道依我勸二爺竟還是屋裡睡罷外邊一時照應不到著了凉倒不好寶玉未及答言寶釵却向襲人使了個眼色兒襲人會意道也罷叫個人跟着你罷夜裡好倒茶倒水的寶玉便笑道這麽說你就跟了我來襲人聽了倒沒意思起來登時飛紅了臉一聲也不言語寶釵素知襲人穩重便說道他是跟慣了我的還叫他跟着我罷叫麝月五兒照料着也罷了況且今日他跟着我鬧了一天也乏了該叫他歇歇了寶玉只得笑著出來寶釵因命麝月五兒給寶玉仍在外間鋪設了又囑咐兩個人醒睡些要茶要水都留點神兒兩個答應着出來看見寶玉端然坐在床上閉目合掌居然像個和尚一般

兩個也不敢言語只管瞅着他笑寶釵又命襲人出來照應襲人看見這般却也好笑便輕輕的叫道該睡了怎麼又打起坐來了寶玉睁開眼看見襲人便道你們只管睡罷我坐一坐就睡襲人道因爲你昨日那個光景鬧的二奶奶一夜沒睡你再這麼著成什麼事寶玉料著自已不睡都不肯睡便收拾睡下襲人又囑咐了麝月等幾句纔進去關門睡了這裡麝月五兒兩個人也收拾了被褥伺候寶玉睡著各自歇下那知寶玉要睡越睡不着見他兩個人在那裡打鋪忽然想起那年襲人不在家時晴雯麝月兩個人服事夜間麝月出去晴雯要唬他因爲沒穿衣服着了凉後來還是從這個病上死的想到這裡一

心移在晴雯身上去了忽又想起鳳姐說五兒給晴雯脫了個影兒因將想晴雯的心又移在五兒身上自己假粧睡着偷偷兒的看那五兒越瞧越像晴雯不覺獃性復發聽了聽裡間已無聲息知是睡了但不知麝月睡了沒有便故意叫了兩聲却不答應五兒聽見了寶玉叫人便問道二爺要什麼寶玉道我要漱漱口五兒見麝月已睡只得起來重新剪了蠟花倒了一鍾茶來一手托着漱盂却因趕忙起來的身上只穿着一件桃紅綾子小襖兒鬆鬆的挽著一個鬢兒寶玉看時居然晴雯復生忽又想起晴雯說的早知擔了虛名也就打個正經主意了不覺獃獃的呆看也不接茶那五兒自從芳官去後也無心進

來了後來聽說鳳姐叫他進來伏侍寶玉竟比寶玉盼他進來的心還急不想進來以後見寶釵襲人一般尊貴穩重看著心裡實在敬慕又見寶玉瘋瘋傻傻不似先前的丰致又聽見王夫人爲女孩子們和寶玉頑笑都攆了所以把那女兒的柔情和素日的痴心一槩擱起怎奈這位獃爺今晚把他當作晴雯只管愛惜起來那五兒早已羞得兩頰紅潮又不敢大聲說話只得輕輕的說道二爺漱口啊寶玉笑着接了茶在手中也不知道漱了沒有便笑嘻嘻的問道你和晴雯姐姐好不是啊五兒聽了摸不着頭腦便道都是姐妹也沒有什麽不好的寶玉又悄悄的問道晴雯病重了我看他去不是你也去了麽五兒

微微笑着點頭兒寶玉道你聽見他說什麽了没有五兒掙着頭兒道没有寶玉已經忘神把便五兒的手一拉五兒急的紅了臉心裡亂跳便悄悄說道二爺有什麽話只管說别拉拉扯扯的寶玉纔撒了手說道他和我說來着早知擔了個虚名也就打正經主意了你怎麽没聽見麽五兒聽了這話明明是撩撥自已的意思又不敢怎麽樣便說道那是他自已没臉這也是我們女孩兒家說得的嗎寶玉着急道你怎麽也是這麽個道學先生我看你長的和他一模一樣我纔肯和你說這個話你怎麽倒拿這些話遭塌他此時五兒心中也不知寶玉是怎麽個意思便說道夜深了二爺睡罷别緊着坐着看凉着了剛

纔奶奶和襲人姐姐怎麽囑咐來寶玉道我不凉說到這裡忽然想起五兒沒穿着大衣裳就怕他也像晴雯着了凉便問道你爲什麽不穿上衣裳就過來五兒道爺叫的緊那裡有儘著穿衣裳的空兒要知道說這半天話兒時我也穿上了寶玉聽了連忙把自已蓋的一件月白綾子綿襖兒揭起來遞給五兒叫他披上五兒只不肯接說二爺蓋着罷我不凉我凉我有我的衣裳說著囘到自已鋪邊拉了一件長襖披上又聽了聽麝月睡的正濃纔慢慢過來說二爺今晚不是要養神呢嗎寶玉笑道寔告訴你罷什麽是養神我倒是要遇仙的意思五兒聽了越發動了疑心便問道遇什麽仙寶玉道你要知道這話長

着呢你挨着我來坐下我告訴你五兒紅了臉笑道你在那裡躺着我怎麽坐呢寶玉道這個何妨那一年冷天也是你晴雯姐姐和麝月姐姐頑我怕凍着他還把他攬在一個被窩兒裡呢這有什麽大凡一個人總别酸文假醋的纔好五兒聽了句句都是寶玉調戲之意那知這位獃爺却是實心實意的話五兒此時走開不好站着不好坐下不好倒没了主意因拿眼一溜抿着嘴兒笑道你别混說了看人家聽見什麽意思怨不得人家說你專在女孩兒身上用工夫你自已放著二奶奶和襲人姐姐都是仙人兒是的只愛和别人混攪明兒再說這些話我回了二奶奶看你什麽臉見人正說着只聽外面咕咚一聲

把兩個人嚇了一跳裡間寶釵咳嗽了一聲寶玉聽見連忙撅嘴兒五兒也就忙忙的息了燈悄悄的躺下了原來寶釵襲人因昨夜不曾睡又兼日間勞乏了一天所以睡去都不曾聽見他們說話此時院中一響猛然驚醒聽了聽也無動靜寶玉此時躺在床上心裡疑惑莫非林妹妹來了聽見我和五兒說話故意嚇我們的翻來覆去胡思亂想五更以後纔朦朧睡去卻說五兒被寶玉鬼混了半夜又兼寶釵咳嗽自己懷著鬼胎生怕寶釵聽見了也是思前想後一夜無眠次日一早起來見寶玉尚自昏昏睡著便輕輕兒的收拾了屋子那時麝月已醒便道你怎麼這麼早起來了你難道一夜沒睡嗎五兒聽這話又

似麝月知道了的光景便只是赸笑也不答言一時寶釵襲人也都起來開了門見寶玉尚睡却也納悶怎麼在外頭兩夜睡的倒這麼安穩呢及寶玉醒來見衆人都起來了自已連忙爬起揉着眼睛細想昨夜又不曾夢見可是仙凡路隔了慢慢的下了床又想昨夜五兒說的寶釵襲人都是天仙一般這話却也不錯便怔怔的瞅着寶釵寶釵見他發怔雖知他爲黛玉之事却也定不得夢不夢只是瞅的自已倒不好意思的便道你昨夜可遇見仙了麽寶玉聽了只道昨晚的話寶釵聽見了笑着勉强說道這是那裡的話那五兒聽了這一句越發心虛起來又不好說的只得且看寶釵的光景只見寶釵又笑着問五

兒道你聽見二爺睡夢裡和人說話來著麼寶玉聽了自已坐不住搭赸着走開了五兒把臉飛紅只得含糊道前半夜倒說了幾句我也沒聽真什麽擔了虛名又什麽沒打正經主意我也不懂勸着二爺睡了後來我也睡了不知二爺還說來着沒有寶釵低頭一想這話明是為黛玉了但儘着叫他在外頭恐怕心邪了招出些花妖柳怪來况兼他的舊病原在姐妹上情重祇好設法將他的心意挪移過來然後能免無事想到這裡不免面紅耳熱起來也就赸赸的進房梳洗去了且說賈母兩日高興畧吃多了些這晚有些不受用第二天便覺着胸口飽悶鴛鴦等要回賈政賈母不叫言語說我這兩日嘴饞些吃多

了點子我餓一頓就好了你們快别吵嚷於是鴛鴦等並没有告訴人這日晚間寶玉回到自巳屋裡見寶釵自賈母王夫人處纔請了晚安回来寶玉想著早起之事未免赧顔抱慚寶釵看他這樣的也曉得是没意思的光景因想着他是個痴情人要治他的這個病少不得仍以痴情治之想了想便問寶玉道你今夜還在外頭睡去罷咧寶玉自覺没趣便道裡頭外頭都是一樣的寶釵意欲再說反覺碍難出口襲人道罷呀這倒是什麼道理呢我不信睡的那麼安頓五兒聽見這話連忙接口道二爺在外頭睡别的倒没有什麼只愛說夢話叫人摸不着頭腦兒又不敢駁他的回襲人便道我今日挪出床上睡睡看

說夢話不說你們只管把二爺的鋪蓋鋪在裡間就完了寶釵聽了也不作聲寶玉自己慚愧那裡還有強嘴的分兒便依着搬進來一則寶玉抱歉欲安寶釵之心二則寶釵恐寶玉思鬱成疾不如稍示柔情使得親近以為移花接木之計於是當晚襲人果然挪出去這寶玉固然是有意負荊那寶釵自然也無心拒客從過門至今日方纔是雨膩雲香氤氳調暢從此二五之精妙合而凝此是後話不提且說次日寶玉寶釵同起寶玉梳洗了先過賈母這邊來這裡賈母因疼寶玉又想寶釵孝順忽然想起一件東西來便叫鴛鴦開了箱子取出祖上所遺的一個漢玉玦雖不及寶玉他那塊玉石掛在身上卻也希罕鴛

鶯找出來遞與賈母便說道這件東西我好像從沒見的老太太這些年還記得這樣清楚說是那一箱什麼匣子裏裝着我挨着老太太的話一拿就拿出來了老太太這會子叫拿出來做什麼賈母道你那裏知道這塊玉還是祖爺爺給我們老太爺老太爺疼我臨出嫁的時候叫了我去親手遞給我的還說這玉是漢朝所佩的東西很貴重你拿着就像見了我的一樣我那時還小拿了來也不當什麼便撂在箱子裏到了這裏我見偺們家的東西也多這算得什麼從沒帶過一撂便撂了六十多年今兒見寶玉這樣孝順他又丟了一塊玉故此想著拿出來給他也像是祖上給我的意思一時寶玉請了安賈母便

甚歡道你過來我給你一件東西瞧瞧寶玉走到床前賈母便把那塊漢玉遞給寶玉寶玉接來一瞧那玉有三寸方圓形似甜瓜色有紅暈甚是精緻寶玉口口稱讚賈母道你愛麼這是我祖爺爺給我的我傳了你罷寶玉笑着請了個安謝了又拿了要送給他母親瞧賈母道你太太瞧了告訴你老子又說疼兒子不如疼孫子了他們從沒見過寶玉笑着去了寶釵等又說了幾句話也辭了出來自此賈母兩日不進飲食胸口仍是膨悶覺得頭暈目眩咳嗽邢王二夫人鳳姐等請安見賈母精神尚好不過叫人告訴賈政立刻來請了安賈政出來即請大夫看脉不多一時大夫来胗了脉說是有年紀的人停了些飲

食感冒些風寒畧消導發散些就好了開了方子賈政看了知
是尋常藥品命人煎好進服已後賈政早晚進來請安一連三
日不見稍減賈政又命賈璉打聽好大夫快去請來瞧老太太
的病偺們家常請的幾個大夫我瞧著不怎麼好所以叫你去
賈璉想了一想說道記得那年寶兄弟病的時候倒是請了一
個不行醫的來瞧好了的如今不如找他賈政道醫道却是極
難的越是不興時的大夫倒有本領你就打發人去找來罷賈
璉即忙答應去了回來說道這劉大夫新近出城教書去了過
十來天進城一次這時等不得又請了一位也就來了賈政聽
了只得等著不題且說賈母病時合宅女眷無日不來請安一

曰衆人都在那裡只見看園內腰門的老婆子進來回說園裡的櫳翠菴的妙師父知道老太太病了特來請安衆人道他不常過來今兒特來你們快請進來鳳姐走到床前回了賈母岫烟是妙玉的舊相識先走出去接他只見妙玉頭帶妙常冠身上穿一件月白素紬襖兒外罩一件水田青緞鑲邊長背心拴着秋香色的絲縧腰下繫一條淡墨畫的白綾裙手執麈尾念珠跟着一個侍兒飄飄拽拽的走來岫烟見了問好說是在園內住的時候兒可以常來瞧瞧你近來因爲園內人少一個人輕易難出來況且偺們這裡的腰門常關着所以這些日子不得見你今兒幸會妙玉道頭裡你們是熱鬧場中你們雖在外

園裡住我也不便常來親近如今知道這裡的事情也不大好又聽說是老太太病着又惦記着你還要瞧瞧寶姑娘我那管你們鬧不鬧我要來就來我不來你們要我來也不能啊岫烟笑道你還是這種脾氣一面說着已到賈母房中衆人見了都問了好妙玉走到賈母床前問候說了幾句套話賈母便道你是個女菩薩你瞧瞧我的病可好的了好不了妙玉道老太太這樣慈善的人壽數正有呢一時感冒吃幾貼藥想來也就好了有年紀的人只要寬心些賈母道我倒不為這些我是極愛尋快樂的如今這病也不覺怎麽着只是胸膈飽悶剛纔大夫說是氣惱所致你是知道的誰敢給我氣受這不是那大夫脉

埋平常麼我和璉兒說了還是頭一個大夫說感冒傷食的是明兒還請他來說着叫鴛鴦吩咐厨房裡辦一桌淨素菜來請妙師父這裡便飯妙玉道我吃過午飯了我是不吃東西的王夫人道不吃也罷偺們多坐一會說些閒話兒罷妙玉道我久已不見你們今日來瞧瞧又說了一回話便要走回頭見惜春站着便問道四姑娘爲什麼這樣瘦不要只管愛畫勞了心惜春道我久不畫了如今住的房屋不比園裡的顯亮所以沒興頭畫妙玉道你如今住在那一所惜春道就是你纔來的那個門東邊的屋子你要來狠近妙玉道我高興的時候來瞧你惜春等說着送了出去回身過來聽見丫頭們回說大夫在賈母

那邊呢衆人暫且散去那知賈母這病日重一日延醫調治不效巳後又添腹瀉賈政著急知病難醫卽命人到衙門告訴日夜同王夫人親侍湯藥一日見賈母略進些飲食心裡稍寬只見老婆子在門外探頭王夫人叫彩雲看去問問是誰彩雲看了是陪迎春到孫家去的人便道你來做什麽婆子道我來了半日這裡找不著一個姐姐們我又不敢冒撞我心裡又急彩雲道你急什麽又是姑爺作踐姑娘不成麽婆子道姑娘不好了前兒鬧了一塲姑娘哭了一夜昨日痰堵住了他們又不請大夫今日更利害了彩雲道老太太病着呢别大驚小怪的王夫人在内巳聽見了恐老太太聽見不受用忙叫彩雲帶他外

頭說去豈知賈母病中心靜偏偏聽見便道迎丫頭要死了麼王夫人便道沒有婆子們不知輕重說是這兩日有些病恐不能就好到這裡問大夫賈母道瞧我的大夫就好快請了去王夫人便叫彩雲叫這婆子去回大太太去那婆子去了這裡賈母便悲傷起來說是我三個孫女兒一個享盡了福死了三丫頭遠嫁不得見面迎丫頭雖苦或者熬出來不打諒他年輕輕兒的就要死了留着我這麼大年紀的人活着做什麼王夫人鴛鴦等解勸了好半天那時寶釵李氏等不在房中鳳姐近來有病王夫人恐賈母生悲添病便叫人叫了他們來陪着自巳回到房中叫彩雲來埋怨這婆子不懂事巳後我在老太太那

裡你們有事不用來回丫頭們依命不言豈知那婆子剛到邢夫人那裡外頭的人已傳進來說二姑奶奶死了邢夫人聽了也便哭了一塲現今他父親不在家中只得叫賈璉快去瞧看知賈母病重衆人都不敢回可憐一位如花似月之女結褵年餘不料被孫家揉搓以致身亡又值賈母病篤衆人不便離開竟容孫家草草完結賈母病勢日增只想這些孫女兒一時想起湘雲便打發人去瞧他回來的人悄悄的找鴛鴦因鴛鴦在老太太身旁王夫人等都在那裡不便上去到了後頭找了琥珀告訴他道老太太想史姑娘叫我們去打聽那裡知道史姑娘哭的了不得說是姑爺得了暴病大夫都瞧了說這病只怕

不能好若是變了癆病還可捱個四五年所以史姑娘心裡著急又知道老太太病只是不能過來請安還叫我別在老太太跟前提起來倘或老太太問起來務必托你們變個法兒回老太太纔好琥珀聽了咳了一聲也就不言語了半日說道你去罷琥珀也不便回心裡打算告訴鴛鴦叫他撒謊去所以來到賈母床前見賈母神色大變地下站著一屋子的人嘁嘁喳喳的說瞧着是不好也不敢言語了這裡賈政悄悄的叫賈璉到身旁向耳邊說了幾句話賈璉輕輕的答應出去了便傳齊了現在家裡的一干人說老太太的事待好出來了你們快快分頭派人辦去頭一件先請出板來瞧瞧好掛裡子快到各處將

各人的衣服量了尺寸都開明了便叫裁縫去做孝衣那棚杠執事都講定了廚房裡還該多派幾個人賴大等回道二爺這些事不用爺費心我們早打算好了只是這項銀子在那裡領呢賈璉道這種銀子不用外頭去老太太自已早留下了剛纔老爺的主意只要辦的好我想外面也要好看賴大等答應派人分頭辦去賈璉復回到自已房中便問平兒你奶奶今兒怎麼樣平兒把嘴往裡一努說你瞧去賈璉進內見鳳姐正要穿衣一時動不得暫且靠在炕桌兒上賈璉道你只怕養不住了老太太的事今兒明兒就要出來了你還脫得過麼快叫人將屋裡收拾收拾就該扎掙上去了若有了事你我還能回來麼

鳳姐道偺們這裡還有什麼收拾的不過就是這點子東西還怕什麼你先去罷看老爺叫你我換件衣裳就來賈璉先囘到賈母房裡向賈政悄悄的囘道諸事已交派明白了賈政點頭外面又報太醫來了賈璉接入胗了一囘大夫出來悄悄的告訴賈璉老太太的脉氣不好防着些賈璉會意與王夫人等說知王夫人即忙使眼色叫鴛鴦過來叫他把老太太的裝裹衣服預備出來鴛鴦自去料理賈母睜眼要茶喝邢夫人便進了一杯參湯賈母剛用嘴接着喝便道不要這個倒一鍾茶來我喝衆人不敢違拗即忙送上來一口喝了還要又喝一口便說我要坐起來賈政等道老太太要什麼只管說可以不必坐起

來纔好賈母道我喝了口水心裏好些兒略靠着和你們說說話兒珍珠等用手輕輕的扶起看見賈母這會子精神好了些

未知生死下回分解

紅樓夢第一百九回終

紅樓夢第一百十回

史太君壽終歸地府　王鳳姐力詘失人心

說却賈母坐起說道我到你們家已經六十多年了從年輕的時候到老来福也享盡了自你們老爺起兒子孫子也都算是好的了就是寶玉呢我疼了他一塲說到那裡拿眼滿地下瞅着王夫人便推寶玉走到床前賈母從被窩裡伸出手来拉着寶玉道我的兒你要爭氣纔好寶玉嘴裡答應心裡一酸那眼淚便要流下来又不敢哭只得站着聽賈母說道我想再見一個重孫子我就安心了我的蘭兒在那裡呢李紈也推賈蘭上去賈母放了寶玉拉着賈蘭道你母親是要孝順的將来你成

了八也叫你母親風光風光鳳丫頭呢鳳姐本來站在賈母旁邊赶忙走到跟前說在這裡呢賈母道我的兒你是太聰明了將來修修福罷我也没有修什麽不過心實吃虧那些吃齋念佛的事我也不大幹就是舊年叫人寫了些金剛經送送人不知送完了没有鳳姐道没有呢賈母道早該施捨完了纔好我們大老爺和珍兒是在外頭樂了最可惡的是史丫頭没良心怎麽總不來瞧我鴛鴦等明知其故都不言語賈母又瞧了一瞧寶釵嘆了口氣只見臉上發紅賈政知是廻光返照即忙進上參湯賈母的牙關已經緊了合了一回眼又睁着滿屋裡瞧了一瞧王夫人寶釵上去輕輕扶着邢夫人鳳姐等便忙穿衣

地下婆子們已將床安設停當鋪了被褥聽見賈母喉間略一响動臉變笑容竟是去了享年八十三歲衆婆子疾忙停床於是賈政等在外一邊跪着邢夫人等在內一邊跪着一齊舉起哀來外面家人各樣預備齊全只聽裡頭信兒一傳出來從榮府大門起至內宅門扇扇大開一色淨白紙糊了孝棚高起大門前的牌樓立時豎起上下人等登時成服賈政報了丁憂禮部奏聞主上深仁厚澤念及世代功勳又係元妃祖母賞銀一千兩諭禮部主祭家人們各處報喪衆親友雖知賈家勢敗今見聖恩隆重都來探喪擇了吉時成殮停靈正寢賈赦不在家賈政爲長寶玉賈環賈蘭是親孫年紀又小都應守靈賈璉雖

也是親孫帶着賈蓉尚可分派家人辦事雖請了些男女外親來照應內裡邢王二夫人李紈鳳姐寶釵等是應靈旁哭泣的尤氏雖可照應他自賈珍外出依住榮府一向總不上前且又榮府的事不甚諳練賈蓉的媳婦更不必說惜春年小雖在這裡長的他于家事全不知道所以內裡竟無一人支持只有鳳姐可以照管裡頭的事況又賈璉在外作主裡外他二人倒也相宜鳳姐先前仗着自巳的才幹原打諒老太太死了他大有一番作用邢王二夫人等本知他曾辦過秦氏的事必是妥當於是仍叫鳳姐總理裡頭的事鳳姐本不應辭自然應了心想這裡的事本是我管的那些家人更是我手下的人太太和珍

大嫂子的人本來難使喚如今他們都去了銀項雖沒有對牌這種銀子却是現成的外頭的事又是我們那個辦雖說我現今身子不好想來也不致落褒貶必比寧府裡還得辦些心下已定且待明日接了三後日一早分派便叫周瑞家的傳出話去將花名冊取上來鳳姐一一的瞧了統共男僕只有二十一人女僕只有十九人餘者俱是些丫頭連各房算上也不過三十多人難以派差心裡想道這回老太太的事倒沒有東府裡的人多又將莊上的弄出幾個也不敷差遣正在思算只見一個小丫頭過來說鴛鴦姐姐請奶奶鳳姐只得過去只見鴛鴦哭得淚人一般一把拉著鳳姐兒說道二奶奶請坐我給二奶

奶這個頭雖說服中不行禮這個頭是要磕的鴛鴦說着跪下慌的鳳姐趕忙拉住說道這是什麼禮有話好好的說鴛鴦跪著鳳姐便拉起來鴛鴦說道老太太的事一應內外都是二爺和二奶奶辦這種銀子是老太太留下的老太太這一輩子也沒有糟塌過什麼銀錢如今臨了這件大事必得求二奶奶體體面面的辦一辦纔好我方纔聽見老爺說什麼詩云子曰我也不懂又說什麼喪與其易寧戚我更不明白我問寶二奶奶說是老爺的思意老太太的喪事只要悲切纔是真孝不必糜費圖好看的念頭我想老太太這樣一個人怎麼不該體面些我雖是奴才丫頭敢說什麼只是老太太疼二奶奶和我這一

場臨死了還不叫他風光風光我想二奶奶是能辦大事的故此我請二奶奶來作個主意我生是跟老太太的人老太太死了我也是跟老太太的若是瞧不見老太太的事怎麽辦將來怎麽見老太太呢鳳姐聽了這話來的古怪便說你放心要體面是不難的雖是老爺口說要省那勢派也錯不得便拿這項銀子都花在老太太身上也是該當的鴛鴦道老太太的遺言說所有剩下的東西是給我們的二奶奶倘或用着不彀只管拿這個去折變補上就是老爺說什麽也不好違了老太太的遺言况且老太太分派的時候不是老爺在這裡聽見的麽鳳姐道你素來最明白的怎麽這會子這樣的着急起來了鴛鴦

道不是我著急爲的是大太太是不管事的老爺是怕招搖的若是二奶奶心裡也是老爺的想頭說抄過家的人家喪事還是這麼好將來又要抄起來也就不顧起老太太來怎麼樣呢我呢是個丫頭好歹礙不著到底是這裡的聲名鳳姐道我知道了你只管放心有我呢鴛鴦千恩萬謝的托了鳳姐那鳳姐出來想道鴛鴦這東西好古怪不知打了什麼主意論理老太太身上本該體面些嗳且別管他只按着偺們家先前的樣子辦去於是叫旺兒家的來把話傳出去請二爺進來不多時賈璉進來說道怎麼找我你在裡頭照應著些就是了橫豎作主是老爺太太們他說怎麼著我們就怎麼著鳳姐道你也說起

這個話來了可不是鴛鴦說的話應驗了麽賈璉道什麽鴛鴦的話鳳姐便將鴛鴦請進去的話述了一遍賈璉道他們的話算什麽剛纔二老爺叫我去說老太太的事固要認真辦理但是知道的呢說是老太太自己結果自己不知道的只說偺們都隱匿起來了如今很寬裕老太太的這種銀子用不了誰還要麽仍舊該用在老太太身上老太太是在南邊的雖有墳地那沒有陰宅老太太的靈是要歸到南邊去的留這銀子在祖墳上蓋起些房屋來再餘下的置賣几頃祭田偺們回去也好就是不回去便叫那些貧窮族中住着也好按時按節早晚上香時常祭掃祭掃你想這些話可不是正經主意麽據你的話

難道都花了罷鳳姐道銀子發出來了沒有賈璉道誰見過銀子我聽見咱們太太聽見了二老爺的話極力的竄掇二太太和二老爺說這是好主意叫我怎麽着現在外頭棚扛上要支幾百銀子這會子還沒有發出來我要去他們都說有先叫外頭辦了回來再算你想這些奴才有錢的早溜了按著冊子叫去有說告病的有說下莊子去了的剩下幾個走不動的只有賺錢的能耐還有賠錢的本事麽鳳姐聽了呆了半天說道這還辦什麽正說著見來了一個丫頭說大太太的話問二奶奶今兒第三天了裡頭還很亂供了飯還叫親戚們等着嗎叫了半天上了菜短了飯這是什麽辦事的道理鳳姐急忙進去吆

喝人來伺候將就着把早飯打發了偏偏那日人來的多裡頭的人都死眉瞪眼的鳳姐只得在那裡照料了一會子又惦記着派人赶着出來叫了旺兒家的傳齊了家下女人們一一分派了衆人都答應着不動鳳姐道什麽時候還不供飯衆人道傳飯是容易的只要將裡頭的東西發出來我們纔好照管去鳳姐道糊塗東西派定了你們少不得有的衆人只得勉強應着鳳姐即往上房取發應用之物要去請示邢王二夫人見人多難說看那時候已經日漸平西了只得找了鴛鴦說要老太太存的那一分傢伙鴛鴦道你還問我呢那一年二爺當了贖了來了麽鳳姐道不用銀的金的只要那一分平常使的鴛鴦

道大太太珍大奶奶屋裡使的是那裡來的鳳姐一想不差轉身就走只得到王夫人那邊找了玉釧彩雲纔拿了一分出來急忙叫彩明登賬發與衆人收管鴛鴦見鳳姐這樣慌張又不好叫他同來心想他頭裡作事何等爽利週到如今怎麼掣肘的這個樣兒我看這兩三天連一點頭腦都沒有不是老太太白疼了他了嗎那裡知邢夫人一聽賈政的話正合着將來家計艱難的心巴不得留一點子作個收局況且老太太的事原是長房作主賈赦雖不在家賈政又是拘泥的人有件事便說請大太太的主意邢夫人素知鳳姐手脚大賈璉的鬧鬼所以死拿住不放鬆鴛鴦只道已將這項銀兩交了出去了故見鳳

姐掣肘如此郤疑爲不肯用心便在賈母靈前嘮嘮叨叨哭個不了邢夫人等聽了話中有話不想到自已不令鳳姐便宜行事反説鳳丫頭果然有些不用心王夫人到了晚上叫了鳳姐過來説偺們家雖説不濟外頭的體面是要的這兩三天人來人往我瞧着那些人都照應不到想必你没有吩咐還得你替我們操點心兒纔好鳳姐聽了呆了一會要將銀兩不湊手的話説出來但只銀錢是外頭管的王夫人説的是照應不到鳳姐也不敢辨只好不言語邢夫人在旁説道論理該是我們做媳婦的操心本不是孫子媳婦的事但是我們動不得身所以托你你是打不得撒手的鳳姐紫漲了臉正要回説只聽外頭

鼓樂一奏是燒黃昏紙的時候了大家舉起哀來又不得說鳳姐原想叫来再說王夫人催他出去料理說道這裡有我們呢你快快兒的去料理明兒的事罷鳳姐不敢再言只得含悲忍泣的出来又叫人傳齊了衆人又吩咐了一會說大娘嬸子們可憐我罷我上頭捱了好些說爲的是你們不齊截叫人笑話明兒你們豁出些辛苦來罷那些人回道奶奶辦事不是今兒個一遭兒了我們敢違拗嗎只是這回的事上頭過於累贅只說打發這頓飯罷有在這裡吃的有要在家裡吃的請了這位太太又是那位奶奶不來諸如此類那裡能齊全還求奶奶勸勸那些姑娘們少挑飭就好了鳳姐道頭一層是老太太的丫

頭們是難纏的太太們的也難說話叫我說誰去呢衆人道從前奶奶在東府裡還是署事要打要罵怎麽那樣鋒利誰敢不依如今這些姑娘們都壓不住了鳳姐嘆道東府裡的事雖說托辦的太太雖在那裡不好意思說什麽如今是自己的事情又是公中的人人說得話再者外頭的銀錢也叫不靈即如棚裡要一件東西傳出去了總不見拿進來這叫我什麽法兒呢衆人道二爺在外頭倒怕不應付麽鳳姐道還提這個他也是那裡爲難第一件銀錢不在他手裡要一件得回一件那裡湊手衆人道老太太這項銀子不在二爺手裡嗎鳳姐道你們回來問管事的就知道了衆人道怨不得我們聽見外頭男人抱

怨說這麼件大事偺們一點摸不着淨當苦差叫人怎麼能齊心呢鳳姐道如今不用說了眼面前的事大家留些神罷倘或鬧的上頭有了什麼說的我可和你們不依衆人道奶奶要怎麼樣我們敢抱怨嗎只是上頭一人一個主意我們實在難週到鳳姐聽了也沒法只得央及道好大娘們明兒且幫我一天等我把姑娘們鬧明白了再說罷了衆人聽命而去鳳姐一肚子的委屈愈想愈氣直到天亮又得上去要把各處的人整理整理又恐邢夫人生氣要和王夫人說怎奈邢夫人挑唆這些丫頭們見邢夫人等不助着鳳姐的威風更加作踐起他來幸得平兒替鳳姐排解說是二奶奶巴不得要好只是老爺太太

們吩咐了外頭不許靡費所以我們二奶奶不能應付到了說過幾次纔得安靜些雖說僧經道懺弔祭供飯絡繹不絕終是銀錢吝嗇誰肯踴躍不過草草了事連日王妃誥命也來的不少鳳姐也不能上去照應只好在底下張羅叫了那個走了這個發一回急央及一回支吾過了一起又打發一起別說鴛鴦等看去不像樣連鳳姐自己心裡也過不去了邢夫人雖說是冢婦仗着悲戚爲孝四個字倒也都不理會王夫人只得跟着邢夫人行事餘者更不必說了獨有李紈瞧出鳳姐的苦處却不敢替他說話只自嘆道俗語說的牡丹雖好全仗緑葉扶持太太們不虧了鳳丫頭那些人還幫着嗎若是三姑娘在家還

好如今只有他几個自巳的人瞎張羅背前面後的也抱怨說是一個錢摸不着臉面也不能剩一點兒老爺是一味的盡孝庶務上頭不大明白這樣的一件大事不撒散几個錢就辦的開了嗎可憐鳳丫頭鬧了几年不想在老太太的事上只怕保不住臉了於是抽空兒叫了他的人來吩咐道你們別看着人家的樣兒也遭塌起璉二奶奶來別打諒什麼穿孝守靈就算了大事了不過混過几天就是了看見那些人張羅不開就插個手兒也未爲不可這也是公事大家都該出力的那些素服李紈的人都答應着說大奶奶說的狠是我們也不敢那麼着只聽見鴛鴦姐姐們的口話兒好像怪璉二奶奶的是的李紈

道就是鴛鴦我也告訴過他我說璉二奶奶並不是在老太太的事上不用心只是銀子錢都不在他手裡叫他巧媳婦還作的上沒米的粥來嗎如今鴛鴦也知道了所以也不怪他了只是鴛鴦的樣子竟是不像從前了這也奇怪那時候有老太太疼他倒沒有作過什麼威福如今老太太死了沒有了仗腰子的了我看他倒有些氣質不大好了我先前替他愁這會子幸喜大老爺不在家纔躲過去了不然他有什麼法兒說着只見賈蘭走來說媽媽睡罷一天到晚人來客去的也乏了歇歇罷我這幾天總沒有摸摸書本兒今兒爺爺叫我家裡睡我喜歡的很要理個一兩本書纔好別等脫了孝再都忘了李紈道好

孩子看書呢自然是好的今兒且歇歇罷等老太太送了殯再
看着賈蘭道媽媽要睡我也就睡在被窩裡頭想想也罷了衆
人瞧了都誇道好哥兒怎麼這點年紀得了空兒就想到書上
不像寶二爺娶了親的人還是那麼孩子氣這幾日跟着老爺
跪着瞧他狠不受用巴不得老爺一動身就跑過來找二奶奶
不知唧唧咕咕的說些什麼甚至弄的二奶奶都不理他了他
又去找琴姑娘琴姑娘也躲着他邢姑娘也不狠和他說話倒
是咱們本家兒的什麼喜姑娘四姑娘哪哥哥長哥哥短的和
他親密我們看那寶二爺除了和奶奶姑娘們混混只怕他心
裡也没有別的事白過費了老太太的心疼了他這麼大那裡

及蘭哥兒一零兒呢大奶奶將來是不愁的了李紈道就好也還小呢只怕到他大了咱們家還不知怎麽樣了呢環哥兒你們瞧着怎麽樣衆人道那一個更不像樣兒了兩隻眼睛倒像個活猴兒是的東溜溜西看看雖在那裡嚎喪見了奶奶姑娘們來了他在孝幔子裡頭淨偷着眼兒瞧人呢李紈道他的年紀其實也不小了前日聽見說還要給他說親呢如今又得等着了嗳還有一件事咱們家這些人我看來也是說不清的且不必說閒話兒後日送殯各房的車是怎麽樣了衆人道璉二奶奶這几天鬧的像失魂落魄的樣兒了也沒見傳出去昨兒聽見外頭男人們說二爺派了薔二爺料理說是咱們家的車

也不彀趕車的也少要到親戚家去借去呢李紈笑道車也都是借得的麼衆人道奶奶說笑話兒了車怎麼借不得只是那一日所有的親戚都用車只怕難借想來還得僱呢李紈道底下人的只得僱上頭白車也有僱的麼衆人道現在大太太東府裏的大奶奶小蓉奶奶都沒有車了不僱那裏來的呢李紈聽了嘆息道先前見有偺們家裏的太太奶奶們坐了僱的車來偺們都笑話如今輪到自已頭上了你明兒去告訴你們的男人我們的車馬早早的預備好了省了擠衆人答應了出去不題且說史湘雲因他女婿病着賈母死後只來了一次屈指筭是後日送殯不能不去又見他女婿的病已成癆症暫且不

妨只得坐夜前一日過來想起賈母素日疼他又想到自已命苦剛配了一個才貌雙全的女壻情性又好偏偏的得了冤孽症候不過捱日子罷了於是更加悲痛直哭了半夜鴛鴦等再三勸慰不止寶玉瞅着也不勝悲傷又不好上前去勸見他淡粧素服不敷脂粉更比未出嫁的時候猶勝几分回頭又看寶琴等也都是淡素裝餙丰韻嫣然獨看到寶釵渾身掛孝那一種雅致比尋常穿顏色時更自不同心裡想道古人說千紅萬紫終讓梅花爲魁看來不止爲梅花開的早竟是那潔白清香四字真不可及了但只這時候若有林妹妹也是這樣打扮更不知怎樣的丰韻呢想到這裡不覺的心酸起來那淚珠兒便

一直的滚下來了趁着賈母的事不妨放聲大哭衆人正勸湘雲外間忽又添出一個哭的人來大家只道是想着賈母疼他的好處所以悲傷豈知他們兩個人各自有各自的眼淚這場大哭招得滿屋的人無不下淚還是薛姨媽李嬸娘等勸住次日乃坐夜之期更加熱鬧鳳姐這日竟支撑不住也無方法只得用盡心力甚至咽喉嚷啞敷衍過了半日到了下半天親友更多了事情也更繁了瞻前不能顧後正在着急只見一個小丫頭跑來說二奶奶在這裡呢怪不得大太太說裡頭人多照應不過來二奶奶是躲着受用去了鳳姐聽了這話一口氣撞上來往下一咽眼淚直流只覺得眼前一黑嗓子裡一甜便噴

出鮮紅的血來身子站不住就蹲倒在地幸虧平兒急忙過來扶住只見鳳姐的血一口一口的吐個不住未知性命如何下回分解

紅樓夢第一百十回終

紅樓夢第一百十一回

鴛鴦女殉主登太虛　狗彘奴欺天招夥盜

話說鳳姐聽了小丫頭的話又氣又急又傷心不覺吐了一口血便昏暈過去坐在地下平兒急來扶住忙叫了人來攙扶着慢慢的送到自巳房中將鳳姐輕輕的安放在炕上立刻叫小紅斟上一盃開水送到鳳姐唇邊鳳姐呷了一口昏迷仍睡秋桐過來畧瞧了一瞧便走開了平兒也不叫他只見豐兒在傍站着平兒便說快去回明二位太太于是豐兒將鳳姐吐血不能照應的話回了邢王二夫人邢夫人打諒鳳姐推病藏躲因這時女親都在內裡也不好說別的心裡却不全信只說叫他

歇著去罷衆人也並無言語自然這晚親友來往不絕幸得幾個內親照應家下人等見鳳姐不在也有偷閑歇力的亂亂吵吵已鬧的七顛八倒不成事體了到二更多天遠客去後便預備辭靈孝幕內的女眷大家都哭了一陣只見鴛鴦已哭的昏暈過去了大家扶住捶鬧了一陣纔醒過來便說老太太疼了一塲要跟了去的話衆人都打諒人到悲哭俱有這些言語也不理會及至辭靈的時候上上下下也有百十餘人只不見鴛鴦衆人因爲忙亂卻也不曾撿點到琥珀等一干人哭奠之時纔要找鴛鴦又恐是他哭乏了暫在別處歇着也不言語辭靈已後外頭賈政叫了賈璉問明送殯的事便商量着派人看家

賈璉囘說上人裡頭派了芸兒在家照應不必送殯下人裡頭派了林之孝的一家子照應拆棚等事但不知裡頭派誰看家賈政道聽見你母親說是你媳婦病了不能去就叫他在家的你珍大嫂子又說你媳婦病得利害還叫四丫頭陪着帶領了幾個丫頭婆子照看上屋裡纔好賈璉聽了心想珍大嫂子與四丫頭兩個不合所以攛掇着不叫他去若是上頭就是他照應也是不中用的我們那一個又病着也難照應想了一囘囘賈政道老爺且歇歇兒等進去商量定了再囘賈政點了點頭賈璉便進去了誰知此時鴛鴦哭了一塲想到自巳跟着老太太一輩子身子也沒有着落如今大老爺雖不在家大太太的

這樣行爲我也瞧不上老爺是不管事的人已後便亂世爲王起來了我們這些人不是要叫他們掇弄了麼誰收在屋子裡誰配小子我是受不得這樣折磨的倒不如死了干淨但是一時怎麽樣的個死法呢一面想一面走到老太太的套間屋內剛跨進門只見燈光慘淡隱隱有個女人拿着汗巾子好似要上吊的樣子鴛鴦也不驚怕心裡想道這一個是誰和我的心事一樣倒比我走在頭裡了便問道你是誰偺們兩個人是一樣的心要死一塊兒死那個人也不答言鴛鴦走到跟前一看並不是這屋子的丫頭仔細一看覺得冷氣侵人一時就不見了鴛鴦呆了一呆退出在炕沿上坐下細細一想道哦是了這

是東府裡的小蓉大奶奶啊他早死了的了怎麼到這裡來必是來叫我來了他怎麼又上吊呢想了一想道是了必是教給我死的法兒鴛鴦這麼一想邪侵入骨便站起來一面哭一面開了粧匣取出那年鉸的一綹頭髮揣在懷裡就在身上解下一条汗巾按着秦氏方纔比的地方拴上自己又哭了一回聽見外頭人客散去恐有人進來急忙關上屋門然後端了一個脚凳自己站上把汗巾拴上扣兒套在咽喉便把脚凳蹬開可憐咽喉氣絕香魂出竅正無投奔只見秦氏隱隱在前鴛鴦的魂魄疾忙赶上說道蓉大奶奶你等等我那個人道我並不是什麼蓉大奶奶乃警幻之妹可卿是也鴛鴦道你明明是蓉大

奶奶怎麽說不是呢那人道這也有個緣故待我告訴你你自然明白了我在警幻宫中原是個鍾情的首坐管的是風情月債降臨塵世自當爲第一情人引這些痴情怨女早早歸入情司所以我該懸梁自盡的因我看破凡情超出情海歸入情天所以太虛幻境痴情一司竟自無人掌管今警幻仙子已經將你補入替我掌管此司所以命我來引你前去的鴛鴦的魂道我是個最無情的怎麽筭我是個有情的人呢那人道你還不知道呢世人都把那淫慾之事當作情字所以作出傷風敗化的事來還自謂風月多情無關緊要不知情之一字喜怒哀樂未發之時便是個性喜怒哀樂已發便是情了至於你我這個

情〃是未發之情就如那花的含苞一樣若待發洩出來這情就不為真情了鴛鴦的魂聽了點頭會意便跟了秦氏可卿而去這裡琥珀辭了靈聽邢王二夫人分派看家的人想着去問鴛鴦明日怎樣坐車便在賈母的那間屋裡找了一遍不見又找到套間裡頭剛到門口見門兒掩着從門縫裡望裡看時只見燈光半明半滅的影影綽綽心裡害怕又不聽見屋裡有什麼動靜便走回來說道這蹄子跑到那裡去了劈頭見了珍珠說你見鴛鴦姐姐來着沒有珍珠道我也找他太太們等他說話呢必在套間裡睡着了罷琥珀道我瞧了屋裡沒有那燈也沒人夾爉花兒漆黑怪怕的我沒進去如今偺們一塊兒進去

瞧看有沒有琥珀等進去正夾燭花珍珠說誰把脚凳撂在這裡幾乎絆我一跤說着往上一瞧唬的嗳喲一聲身子往後一仰咕咚的栽在琥珀身上琥珀也看見了便大嚷起來只是兩隻脚挪不動外頭的人也都聽見了跑進來一瞧大家嚷着報與邢王二夫人知道王夫人寶釵等聽了都哭著去瞧邢夫人道我不料鴛鴦倒有這樣志氣快叫人去告訴老爺只有寶玉聽見此信便唬的雙眼直豎襲人等慌忙扶着說道你要哭就哭別憋着氣寶玉死命的纔哭出來了心想鴛鴦這樣一個人偏又這樣死法又想實在天地間的靈氣獨鍾在這些女子身上了他筭得了死所我們究竟是一件濁物還是老太太的兒

孫誰能赶得上他復又喜歡起來那時寶釵聽見寶玉大哭了出來了及到跟前見他又笑襲人等忙說不好了又要瘋了寶釵道不妨事他有他的意思寶玉聽了更喜歡寶釵的話到底他還知道我的心別人那裏知道正在胡思亂想賈政等進來着實的嗟嘆着說道好孩子不枉老太太疼他一場即命賈璉出去吩咐人連夜買棺盛殮明日便跟着老太太的殯送出也停在老太太棺後全了他的心志賈璉答應出去這裏命人將鴛鴦放下停放裏間屋內平兒也知道了過來同襲人鶯兒等一干人都哭的哀哀欲絕內中紫鵑也想起自已終身一無著落恨不跟了林姑娘去又全了主僕的恩義又得了死所如今

空懸在寶玉屋內雖說寶玉仍是柔情密意究竟算不得什麼於是更哭得哀切王夫人即傳了鴛鴦的嫂子進來叫他看着入殮遂與邢夫人商量了在老太太項內賞了他嫂子一百兩銀子還說等閑了將鴛鴦所有的東西俱賞他們他嫂子磕了頭出去反喜歡說真真的我們姑娘是個有志氣的有造化的又得了好名聲又得了好發送傍邊一個婆子說道罷呀嫂子這會子你把一個活姑娘賣了一百銀使這麼喜歡了那時候見給了大老爺你還不知得多少銀錢呢你該更得意了一句話戳了他嫂子的心便紅了臉走開了剛走到二門上見林之孝帶了人擡進棺材來了他只得也跟進去幫着盛殮假意哭

嚎了幾聲賈政因他爲賈母而死要了香來上了三炷作了個揖說他是殉葬的人不可作了頭論你們小一輩的都該行個禮兒寶玉聽了喜不自勝走來恭恭敬敬磕了幾個頭賈璉想他素日的好處也要上來行禮被邢夫人說道有了一個爺們就是了別折受的他不得超生賈璉就不便過來了寶釵聽着這話好不自在便說道我原不該給他行禮但只老太太去世偺們都有未了之事不敢胡爲他肯替偺們盡孝偺們也該托托他好好的替偺們伏侍老太太西去也少盡一點子心哪說着扶了鶯兒走到靈前一面奠酒那眼淚早撲簌簌流下來了奠畢拜了幾拜狠狠的哭了他一場衆人也有說寶玉的兩口

子都是傻子也有說他兩個心腸兒好的也有說他知禮的賈政反倒合了意一面商量定了看家的仍是鳳姐惜春餘者都遣去伴靈一夜誰敢安眠一到五更聽見外面齊人到了辰初發引賈政居長衰麻哭泣極盡孝子之禮靈柩出了門便有各家的路祭一路上的風光不必細述走了半日來至鐵檻寺安靈所有孝男等俱應在廟伴宿不題且說家中林之孝帶領拆了棚將門窗上好打掃淨了院子派了巡更的人到晚打更上夜只是榮府規例一交二更三門掩上男人就進不去了裡頭只有女人們查夜鳳姐雖隔了一夜漸漸的神氣清爽了些只是那裡動得只有平兒同着惜春各處走了一走吩咐了上夜

的人也便各自歸房却說周瑞的乾兒子何三去年賈珍管事之時因他和鮑二打架被賈珍打了一頓攆在外頭終日在賭塲過日近知賈母死了必有些事情領辦豈知探了幾天的信一些也沒有想頭便噯聲嘆氣的回到賭塲中悶悶的坐下那些人便說道老三你怎麽不下来撈本兒了嗎何三道倒想要撈一撈呢就只沒有錢麽那些人道你到你們周大太爺那裡去了幾日府裡的錢你也不知弄了多少来又來和我們裝窮兒了何三道你們還說呢他們的金銀不知有幾百萬只藏着不用明兒留着不是火燒了就是賊偷了他們纔死心呢那些人道你又撒謊他家抄了家還有多少金銀何三道你們還不

知道呢抄的是摟不了的如今老太太死後還留了好些金銀他們一個也不使都在老太太屋裡擱着等送了殯回來纔分呢內中有一個人聽在心裡擲了幾骰便說我輸了幾個錢也不番本兒了睡去了說着便走出來拉了何三道老三我和你說句話何三跟他出來那人道你這麼個伶俐人這麼窮我替你不服這口氣何三道我命裡窮可有什麼法兒呢那人道你纔說榮府的銀子這麼多爲什麼不去拿些使喚使喚何三道我的哥哥他家的金銀雖多你我去白要一二錢他們給偺們嗎那人笑道他不給偺們偺們就不會拿嗎何三聽了這話裡有話忙問道依你說怎麼樣拿呢那人道我說你沒有本事若

是我早拿了來了何三道你有什麼本事那人便輕輕的說道你若發財你就引個頭兒我有好些朋友都是通天的本事別說他們送殯去了家裡只剩下幾個女人就讓有多少男人也不怕只怕你没這麼大膽子罷咧何三道什麼敢不敢你打諒我怕那個乾老子嗎我是瞧着乾媽的情兒上頭纔認他做乾老子罷咧他又算了人了你剛纔的話就只怕弄不來倒招了饑荒他們那個衙門不熟別說拿不來倘或拿了來也要鬧出來的那人道這麼說你的運氣來了我的朋友還有海邊上的呢現今都在這裡看個風頭等個門路若到了手你我在這裡也無益不如大家下海去受用不好麼你若捨不下你乾媽借

們索性把你乾媽也帶了去大家夥兒樂一樂好不好何三道老大你別是醉了罷這些話混說的是什麼說着拉了那人走到僻静地方兩個人商量了一回各人分頭而去暫且不題

且說包勇自被賈政吆喝派去看園賈母的事出來也忙了不曾派他差使他也不理會總是自做自吃悶來睡一覺醒時便在園裡耍刀弄棍倒也無拘無束那日賈母一早出殯他雖知道因没有派他差使他任意閒遊只見一個女尼帶了一個道婆來到園內腰門那裡扣門包勇走來說道女師父那裡去道婆道今日聽得老太太的事完了不見四姑娘送殯想必是在家看家恐他寂寞我們師父來瞧他一瞧包勇道主子都不在

家園門是我看的請你們同去罷要来呢等主子們回来了再來婆子道你是那裡來的個黒炭頭也要管起我們的走動來了包勇道我嫌你們這些人我不叫你們來你們有什麽法兒婆子生了氣嚷道這都是反了天的事了連老太太在日還不能攔我們的來往走動呢你是那裡的這麽個横强盗這樣没法没天的我偏要打這裡走說着便把手在門環上狠狠的打了幾下妙玉已氣的不言語正要回身便走不料裡頭看二門的婆子聽見有人拌嘴連忙開門一看見是妙玉已經回身走去明知必是包勇得罪了走了近日婆子們都知道上頭太太們四姑娘都和他親近恐他日後說出門上不放進他來那時

如何就得住趕忙走來說不知師父來我們開門遲了我們四姑娘在家裡還正想師父呢快請回來看園的小子是個新來的他不知偺們的事回來回了太太打他一頓攆出去就完了妙玉雖是聽見總不理他那禁得看腰門的婆子趕上再四央求後來纔說出怕自巳擔不是幾乎急的跪下妙玉無奈只得隨着那婆子過來包勇見這般光景自然不好再攔氣得瞪眼嘆氣而回這裡妙玉帶了道婆走到惜春那裡道了惱敘些閑話惜春說起在家看家只好熬個幾夜但是二奶奶病着一個人又悶又害怕能有一個人在這裡我就放心如今裡頭一個男人也沒有今兒你旣光降肯伴我一宵偺們下棋說話兒可

使得麼妙玉本來不肯見惜春可憐又提起下棋一時高興應了打發道婆回去取了他的茶具衣褥命侍兒送了過來大家坐談一夜惜春欣幸異常便命彩屏去開上年蠲的雨水預備好茶那妙玉自有茶具道婆去了不多一時又來了一個侍者送下妙玉日用之物惜春親自烹茶兩人言語投機說了半天那時天有初更時候彩屏放下棋枰兩人對奕惜春連輸兩盤妙玉又讓了四個子兒惜春方贏了半子不覺已到四更正是天空地濶萬籟無聲妙玉道我到五更須得打坐我自有人伏侍你自去歇息惜春猶是不捨見妙玉要自己養神不便扭他剛要歇去猛聽得東邊上屋內上夜的人一片聲喊起惜春那

裡的老婆子們也接著聲嚷道了不得了有了人了唬得惜春彩屏等心膽俱裂聽見外頭上夜的男人便聲喊起來妙玉道不好了必是這裡有了賊了說着赶忙的關上屋門便掩了燈光在窗戶眼內往外一瞧只見幾個男人站在院內唬得不敢作聲回身擺著手輕輕的爬下來說了不得外頭有幾個大漢站着說猶未了又聽得房上响聲不絕便有外頭上夜的人進來吆喝拿賊一個人說道上屋裡的東西都丟了并不見人東邊有人去了偺們到西邊去惜春的老婆子聽見有自已的人便在外間屋裡說道這裡有好些人上了房了上夜的都道你瞧這可不是嗎大家一齊嚷起來只聽房上飛下好些瓦來衆

人都不敢上前正在没法只聽園裡腰門一聲大响打進門來見一個梢長大漢手執木棍衆人唬得藏躲不及聽得那人喊說道不要跑了他們一個你們都跟我來這些家人聽了這話越發唬得骨軟筋酥連跑也跑不動了只見這人站在當地只管亂喊家人中有一個眼尖些的看出來了你道是誰正是甄家荐來的包勇這些家人不覺胆壯起來便顫巍巍的說道有一個走了有的在房上呢包勇便向地下一撲聳身上房追趕那賊這些賊人明知賈家無人先在院內偷看惜春房內見有個絕色尼姑便頓起淫心又欺上屋俱是女人且又畏懼正要踹進門去因聽外面有人進來追赶所以賊衆上房見人不多

還想抵擋猛見一人上房赶來那些賊見是一人越發不理論了便用短兵抵住那經得包勇用力一棍打去將賊打下房來那些賊飛奔而逃從園墻過去包勇也在房上追捕豈知園內早藏下了幾個在那裡接贓已經接過好些見賊夥跑回大家舉械保護見追的只有一人明欺寡不敵衆反倒迎上來包勇一見生氣道這些毛賊敢來和我鬭鬭那夥賊便說我們有一個夥計被他們打倒了不知死活偺們索性搶了他出來這裡包勇聞聲卽打那夥賊便輪起器械四五個人圍住包勇亂打起來外頭上夜的人也都仗著膽子只顧赶了來衆賊見鬭他不過只得跑了包勇還要赶時被一個箱子一絆立定看時心

想東西未丟衆賊遠逃也不追趕便叫衆人將燈照看地下只有幾個空箱叫人收拾他便欲跑回上房因路徑不熟走到鳳姐那邊見裡面燈燭輝煌便問這裡有賊沒有裡頭的平兒戰兢兢的說道這裡也沒開門只聽上屋叫喊說有賊呢你到那裡去罷包勇正摸不着路頭遙見上夜的人過來纔跟着一齊尋到上屋見是門開戶啟那些上夜的在那裡啼哭一時賈芸林之孝都進來了見是失盜大家着急進內查點老太太的房門大開將燈一照鎖頭擰折進內一瞧箱櫃巳開便罵那些上夜女人道你們都是死人麼賊人進來你們都不知道麼那些上夜的人啼哭着說道我們幾個人輪更上夜是管二三更的

我們都没有住脚前後走的他們是四更五更我們纔下班兒只聽見他們喊起来並不見一個人趕着照看不知什麽時候把東西早已丢了求爺們問管四更五更的林之孝道你們個個要死回來再說偺們先到各處看去上夜的男人領著走到尤氏那邊門兒關緊有幾個接音說唬死我們了林之孝問道這裡没有丢東西呀裡頭的人方開了門道這裡没丢東西林之孝帶着人走到惜春院內只聽得裡面說道了不得唬死了姑娘了醒醒兒罷林之孝便叫人開門問是怎麼了裡頭婆子開門說賊在這裡打仗把姑娘都唬壞了虧得妙師父和彩屏纔將姑娘救醒東西是没失林之孝道賊人怎麼打仗上夜的

男人說幸虧包大爺上了房把賊打跑了去了還聽見打倒了一個人呢包勇道在園門那裡呢你們快瞧去罷賈芸等走到那邊果然看見一個人躺在地下死了細細的一瞧好像是周瑞的乾兒子衆人見了詫異派了一個人看守着又派了兩個人照看前後門走到門前看時那門俱仍舊關鎖着林之孝便叫人開了門報了營官立刻到來查勘賊踪是從後夾道子上了房的到了西院房上見那瓦片破碎不堪一直過了後園去了衆上夜的人齊聲說道這不是賊是强盜營官著急道並非明火執杖怎麽便算是强盜呢上夜的道我們赶賊他在房上撇瓦我們不能到他跟前幸虧我們家的姓包的上房打退

到園裡還有好幾個賊竟和姓包的打起仗來打不過姓包的纔都跑了營官道可又來若是強盜難道倒打不過你們的人麽不用說了你們快查清了東西遞了失單我們報就是了賈芸等又到了上屋裡已見鳳姐扶病過來惜春也來了賈芸請了鳳姐的安問了惜春的好大家查看失物因鴛鴦已死琥珀等又送靈去了那些東西都是老太太的並沒見過數兒只用封鎖如今打從那裡查起衆人都說箱櫃東西不少如今一空偷的時候兒自然不小了那些上夜的人管做什麽的況且打死的賊是周瑞的乾兒子必是他們通同一氣的鳳姐聽了氣的眼睛直瞪瞪的便說把那些上夜的女人都拴起來交給營

裡去稱問衆人叫苦連天跪地哀求不知怎生發放並失去的物件有無着落下回分解

紅樓夢第一百十一回終

紅樓夢第一百十二回

活冤孽妙姑遭大劫　死讐仇趙妾赴冥曹

話說鳳姐命捆起上夜的女人送營審問衆女人跪地哀求林之孝同賈芸道你們求也無益老爺派我們看家沒事是造化如今有了事上下都就不是誰救得你若說是周瑞的乾兒子連太太起裡裡外外的都不干事鳳姐喘吁吁的說道這都是命裡所招和他們說什麼帶了他們去就是了那丢的東西你告訴營裡去說實在是老太太的東西問老爺們纔知道等我們報了去請了老爺們回來自然開了失單送來文官衙門裡我們也是這樣報賈芸林之孝答應出去惜春一句話也沒有

只是哭道這些事我從來沒有聽見過爲什麼偏偏碰在偺們兩個人身上明兒老爺太太囘來叫我怎麼見人說把家裡交給你們如今鬧到這個分兒還想活着麼鳳姐道偺們願意嗎現在有上夜的人在那裡惜春道你還能說況且你又病着我是沒有說的這都是我大嫂子害了我了他攛掇着太太派我看家的如今我的臉擱在那裡呢說着又痛哭起來鳳姐道姑娘你快别這麼想若說沒臉大家一樣的你若是這個糊塗想頭我更擱不住了二人正說著只聽見外頭院子裡有人大嚷的說道我說那三姑六婆是再要不得的我們甄府裡從來是一槩不許上門的不想這府裡倒不講究這個昨兒老太太的

殯纔出去那個什麼庵裡的尼姑死要到偺們這裡來我吆喝著不准他進來腰門上的老婆子們倒罵我死央及着叫那姑子進來那腰門子一會兒開着一會兒關着不知做什麼我不放心沒敢睡聽到四更這裡就嚷起來我來叫門倒不開了我聽見聲兒緊了打開了門見西邊院子裡有人站着我便赶上打死了我今兒纔知道這是四姑奶奶的屋子那個姑子就在裡頭今兒天沒亮溜出去了可不是那姑子引進來的賊麼平兒等聽着都說這是誰這麼沒規矩姑娘奶奶都在這裡敢在外頭這麼混嚷鳳姐道你聽他說甄府裡別就是甄家薦来的那個厭物罷惜春聽得明白更加心裡受不的鳳姐接著問惜

春道那個人混說什麼姑子你們那裡弄了個姑子住下了惜春便將妙玉來瞧他留着下棋守夜的話說了鳳姐道是他麼他怎麼肯這樣是再沒有的話但是叫這討人嫌的東西嚷出來老爺知道了也不好惜春愈想愈怕站起來要走鳳姐雖說坐不住又怕惜春害怕弄出事來只得叫他先別走且看着人把偷剩下的東西收起來再派了人看着偺們好走平兒道偺們不敢收等衙門裡來了踏看了纔好收呢偺們只好看着但只不知老爺那裡有人去了沒有鳳姐道你叫老婆子問去一回進來說林之孝是走不開家下人要伺候查驗的再有的是說不清楚的已經去了二爺去了鳳姐點頭同惜春坐着發愁且

說那夥賊原是何三等邀的偷搶了好些金銀財寶接運出去見人追赶知道都是那些不中用的人要往西邊屋內偷去在窗外看見裡面燈光底下兩個美人一個姑娘一個姑子那些賊那顧性命頓起不良就要踹進來因見包勇來赶纔獲贓而逃只不見了何三大家且躲入窩家到第二天打聽動靜知是何三被他們打死已經報了文武衙門這裡是躲不住的便商量趁早歸入海洋大盜一處去若遲了通緝文書一行關津上就過不去了內中一個人胆子極大便說偺們走是走我就只捨不得那個姑子長的寔在好看不知是那個廟裡的雛兒呢一個人道啊呀我想起來了必就是賈府園裡的什麼櫳翠菴

裡的姑子不是前年外頭說他和他們家什麼寶二爺有原故後來不知怎麼又害起相思病來了請大夫吃藥的就是他那一個人聽了說偺們今日躲一天叫偺們大哥拿錢置辦些買賣行頭明兒亮鐘時候陸續出關你們在關外二十里坡等我衆賊議定分賍俵散不題且說賈政等送殯到了寺內安厝畢親友散去賈政在外廂房伴靈邢王二夫人等在內一宿無非哭泣到了第二日重新上祭正擺飯時只見賈芸進來在老太太靈前磕了個頭忙忙的跑到賈政跟前跪下請了安喘吁吁的將昨夜被盜將老太太上房的東西都偷去包勇赶賊打死了一個已經呈報文武衙門的話說了一遍賈政聽了發怔那

王二夫人等在裡頭也聽見了都唬得魂不附體並無一言只有啼哭賈政過了一會子問失单怎樣開的賈芸回道家裡的人都不知道還沒有開单賈政道還好偺們動過家的若開出好的來反躭罪名快叫璉兒那時賈璉領了寶玉别處上祭未回賈政叫人趕了回來賈璉聽了急得直跳一見芸兒也不顧賈政在那裡便把賈芸狠狠的罵了一頓說不配抬舉的東西我將這樣重任托你押着人上夜巡更你是死人麽虧你還有臉來告訴說着望賈芸臉上啐了幾口賈芸垂手站着不敢回一言賈政道你罵他也無益了賈璉然後跪下說這便怎麽樣賈政道也没法兒只有報官緝賊但只是一件老太太遺下的

東西偺們都沒動你說要銀子我想老太太死得几天誰忍得動他那一項銀子原打諒完了事算了賬還人家再有的在這裡和南邊置墳產的所有東西也沒見數兒如今說文武衙門要失單若將几件好的東西開上恐有礙若說金銀若干衣飾若干又沒有實在數目謊開使不得倒可笑你如今竟換了一個人了爲什麽這樣料理不開你跪在這裡是怎麽樣呢賈璉也不敢答言只得站起來就走賈政又叫道你那裡去賈璉又回來道侄兒赶回家去料理清楚賈政哼了一聲賈璉把頭低下賈政道你進去回了你母親叫了老太太的一兩個丫頭去叫他們細細的想了開单子賈璉心裡明知老太太的東西都

是鴛鴦經管他死了問誰就問珍珠他們那裡記得清楚只不敢駁回連連的答應了回身走到裡頭那王夫人又埋怨了一頓叫賈璉快回去問他們這些看家的說明兒怎麽見我們賈璉也只得答應了出來一面命人套車預備琥珀等進城自已騎上騾子跟了幾個小廝如飛的回去賈芸也不敢再回賈政斜簽着身子慢慢的溜出來騎上了馬來赶賈璉一路無話到了家中林之孝請了安一直跟了進来賈璉到了老太太上屋裡見了鳳姐惜春在那裡心裡又恨又說不出來便問林之孝道衙門裡瞧了没有林之孝自知有罪便跪下回道文武衙門都瞧了來踪去跡也看了屍也驗了賈璉吃驚道又驗什麽屍

林之孝又將包勇打死的夥賊似周瑞的乾兒子的話回了賈璉賈璉道叫芸兒賈芸進來也跪着聽話賈璉道你見老爺時怎麼沒有回周瑞的乾兒子做賊被包勇打死的話賈芸說道上夜的人說像他的恐怕不真所以沒有回賈璉道好糊塗東西你若告訴了我就帶了周瑞來一認可不就知道了林之孝回道如今衙門裡把屍首放在市口兒招認去了賈璉道這又是個糊塗東西誰家的人做了賊被人打死要償命麼林之孝回道這不用人家認奴才就認得是他賈璉聽了想道是啊我記得珍大爺那一年要打的可不是周瑞家的麼林之孝回說他和鮑二打架來著爺還見過的呢賈璉聽了更生氣便要打

上夜的人林之孝哀告道請三爺息怒那些上夜的人派了他們敢偷懶嗎只是爺府上的規矩三門裡一個男人不敢進去的就是奴才們裡頭不叫也不敢進去奴才在外同芸哥早刻刻查點見三門關的嚴嚴的外頭的門一層沒有開那賊是從後夾道子來的賈璉道裡頭上夜的女人呢林之孝將上夜的人說奉奶奶的命捆著等爺審問的話回了賈璉問包勇呢林之孝說又往園裡去了賈璉便說去叫他小廝們便將包勇帶來說還虧你在這裡若沒有你只怕所有房屋裡的東西都搶了去了呢包勇也不言語惜春恐他說出那話心下着急鳳姐也不敢言語只見外頭說琥珀姐姐們回來了大家見了不免

又哭一場賈璉叫人檢點偷剩下的東西只有些衣服尺頭錢箱未動餘者都沒有了賈璉心裏更加着急想着外頭的棚杠銀厨房的錢都沒有付給明兒拿什麽還呢便呆想了一會只見琥珀等進去哭了一番見箱櫃開着所有的東西怎能記憶便胡亂猜想虛擬了一張失單命人即送到文武衙門賈璉復又派人上夜鳳姐惜春各自回房賈璉不敢在家安歇也不及埋怨鳳姐竟自騎馬趕出城外去了這裏鳳姐又恐惜春短見打發豐兒過去安慰天已二更不言這裏賊去關門衆人更加小心不敢睡覺且說夥賊一心想着妙玉知是孤菴女衆不難欺負到了三更夜靜便拿了短兵器帶些悶香跳上高墻遠遠

瞧見櫳翠菴內燈光猶亮便潛身溜下藏在房頭僻處等到四更見裡頭只有一盞海燈妙玉一人在蒲團上打坐歇了一會便噯聲嘆氣的說道我自元墓到京原想傳個名的爲這裡請來不能又棲他處昨兒好心去瞧四姑娘反受了這蠢人的氣夜裡又受了大驚今日回來那蒲團再坐不穩只覺肉跳心驚因素常一個打坐的今日又不肯叫人相伴豈知到了五更寒顫起來正要叫人只聽見窗外一响想起昨晚的事更加害怕不免叫人豈知那些婆子都不答應自已坐着覺得一股香氣透入顖門便手足麻木不能動彈口裡也說不出話來心中更自著急只見一個人拿著明晃晃的刀進來此時妙玉心中却

是明白只不能動想是要殺自巳索性橫了心倒不怕他那知那個人把刀插在背後騰出手來將妙玉輕輕的抱起輕薄了一會子便拖起背在身上此時妙玉心中只是如醉如痴可憐一個極潔極淨的女兒被這強盜的悶香熏住由着他擺弄了去了却說這賊背了妙玉來到園後牆邊搭了軟梯爬上墻跳出去了外邊早有夥賊弄了車輛在園外等著那人將妙玉放倒在車上反打起官銜燈籠叫開柵欄急急行到城門正是開門之時門官只知是有公幹出城的也不及查詰赶出城去那夥賊加鞭赶到二十里坡和衆強徒打了照面各自分頭奔南海而去不知妙玉被刼或是甘受污辱還是不屈而死不知下

落也難妥擬只言櫳翠菴一個跟妙玉的女尼他本住在靜室後面睡到五更聽見前面有人聲响只道妙玉打坐不安後來聽見有男人脚步門𢨥响動欲要起來瞧看只是身子發軟懶怠開口又不聽見妙玉言語只睁着兩眼聽着到了天亮纔覺得心裡清楚披衣起來叫了道婆預備妙玉茶水他便往前面來看妙玉豈知妙玉的踪跡全無門窻大開心裡詫異昨晚响動甚是疑心說這樣早他到那裡去了走出院門一看有一個軟梯靠墻立着地下還有一把刀鞘一條搭膊便道不好了昨晚是賊燒了悶香了急叫人起來查看菴門仍是緊閉那些婆子侍女們都說昨夜煤氣熏着了今早都起不起來這麼早叫

我們做什麼那女尼道師父不知那裡去了衆人道在觀音堂打坐呢女尼道你們還做夢呢你來瞧瞧衆人不知也都着忙開了菴門滿園裡都找到了想來或是到四姑娘那裡去了衆人來叫腰門又被包勇罵了一頓衆人說道我們妙師父昨晚不知去向所以來找求你老人家叫開腰門問一問來了沒來就是了包勇道你們師父引了賊來偷我們已經偷到手了他跟了賊去受用去了衆人道阿彌陀佛說這些話的防着下割舌地獄包勇生氣道胡說你們再鬧我就要打了衆人陪笑央告道求爺叫開門我們瞧瞧若沒有再不敢驚動你太爺了包勇道你不信你去找若沒有回來問你們包勇說着叫開腰門

衆人且找到惜春那裡惜春正是愁悶惦着妙玉清早去後不知聽見我們姓包的話了沒有只怕又得罪了他以後總不肯來我的知己是沒有了况我現在處難見人父母早死嫂子嫌我頭裡有老太太到底還疼我些如今也死了留下我孤苦伶仃如何了局想到迎春姐姐折磨死了史姐姐守著病人三姐姐遠去這都是命裡所招不能自由獨有妙玉如閒雲野鶴無拘無束我若能學他就造化不小了但我是世家之女怎能遂意這回看家大躭不是還有何顏又恐太太們不知我的心事將來的後事更不曉如何想到其間便要把自己的青絲鉸去要想出家彩屏等聽見急忙來勸豈知已將一半頭髮鉸去了

彩屏愈加著忙說道一事不了又出一事這可怎麼好呢正在吵鬧只見妙玉的道婆來找妙玉彩屏問起來由先唬了一跳說是昨日一早去了沒來裡面惜春聽見急忙問道那裡去了道婆將昨夜聽見的响動被煤氣薰着今早不見妙玉菴內有軟梯刀鞘的話說了一遍惜春驚疑不定想起昨日包勇的話來必是那些強盜看見了他昨晚搶去了也未可知但是他素來孤潔的狠豈肯惜命便問道怎麼你們都沒聽見麼婆子道怎麼沒聽見只是我們都是睜著眼連一句話也說不出來必是那賊燒了悶香妙姑一人想也被賊悶住不能言語況且賊人必多拿刀執杖威逼著他還敢聲喊麼正說着包勇又在腰

門那裡嚷說裡頭快把這些混賬道婆子趕出來罷快關上腰門彩屏聽見恐躭不是只得催婆子出去叫人關了腰門惜春於是更加苦楚無奈彩屏等再三以禮相勸仍舊將一半青絲籠起大家商議不必聲張就是妙玉被搶也當作不知且等老爺太太回來再說惜春心裡從此死定一個出家的念頭暫且不提且說賈璉回到鐵檻寺將到家中查點了上夜的人開了失單報去的話回了賈政賈政道怎樣開的賈璉便將琥珀記得的數目單子呈出並說上頭元妃賜的東西已經註明還有那人家不大有的東西不便開上等侄兒脫了孝出去托人細細的緝訪少不得弄出來的賈政聽了合意就點頭不言賈璉

進內見了邢王二夫人商量着勸老爺早些回家纔好呢不然都是亂麻是的邢夫人道可不是我們在這裡也是驚心吊胆賈璉道這是我們不敢說的還是太太的主意二老爺是依的邢夫人便與王夫人商議妥了過了一夜賈政也不放心打發寶玉進來說請太太們今日回家過兩三日再來家人們已經派定了裡頭請太太們派人罷邢夫人派了鸚哥等一干人伴靈將周瑞家的等人派了總管其餘上下人等都回去一時忙亂套車備馬賈政等在賈母靈前辭別衆人又哭了一場都起來正要走時只見趙姨娘還爬在地下不起周姨娘打諒他還哭便去拉他豈知趙姨媽滿嘴白沫眼睛直豎把舌頭吐出反

把家人唬了一跳賈環過來亂嚷趙姨娘醒來說道我是不回去的跟著老太太回南去衆人道老太太那用你跟呢趙姨娘道我跟了老太太一輩子大老爺還不依弄神弄鬼的算計我我想仗着馬道婆出出我的氣銀子白花了好些也沒有弄死一個如今我回去了又不知誰來算計我衆人先只說鴛鴦附着他後頭聽說馬道婆的事又不像了邢王二夫人都不言語只有彩雲等代他央告道鴛鴦姐姐你死是自己願意與趙姨娘什麽相干放了他罷見邢夫人在這裡也不敢說別的趙姨娘道我不是鴛鴦我是閻王老爺差人拿我去的要問我爲什麽和馬道婆用魘魔法的案件說着口裡又叫好璉二奶奶你

在這裡老爺面前少頂一句兒罷我有一千日的不好還有一天的好呢好二奶奶親二奶奶並不是我要害你我一時糊塗聽了那個老娼婦的話正鬧着賈政打發人進來叫環兒婆子們去回說趙姨娘中了邪了三爺看着呢賈政道沒有的事我們先走了於是爺們等先回這裡趙姨娘還是混說一時救不過來邢夫人恐他又說出什麽來便說多派幾個人在這裡瞧著他偺們先走到了城裡打發大夫出來瞧罷王夫人本嫌他也打撒手兒寶釵本是仁厚的人雖想著他害寶玉的事心裡究竟過不去背地裡托了周姨娘在這裡照應周姨娘也是個好人便應承了李紈說道我也在這裡罷王夫人道可以不必

於是大家都要起身賈環着急說我也在這裡嗎王夫人啐道糊塗東西你姨媽的死活都不知你還要走嗎賈環就不敢言語了寶玉道好兄弟你是走不得的我進了城打發人來瞧你說畢都上車回家寺裡只有趙姨娘賈環鴛哥等人賈政邢夫人等先後到家到了上房哭了一塲林之孝帶了家下衆人請了安跪着賈政喝道去罷明日問你鳳姐那日發暈了几次竟不能出接只有惜春見了覺得滿面羞慚邢夫人也不理他王夫人仍是照常李紈寶釵拉着手說了幾句話獨有尤氏說道姑娘你操心了倒照應了好几天惜春一言不答只紫漲了臉寶釵將尤氏一拉使了個眼色尤氏等各自歸房去了賈政略

畧的看了一看嘆了口氣並不言語到書房席地坐下叫了賈璉賈蓉賈芸吩咐了几句話寶玉要在書房來陪賈政賈政道不必蘭兒仍跟他母親一宿無話次日林之孝一早進書房跪著賈政將前後被盜的事問了一遍並將周瑞供了出來又說衙門拿住了鮑二身邊搜出了失单上的東西現在夾訊要在他身上要這一夥賊呢賈政聽了大怒道家奴負恩引賊偷竊家主真是反了立刻叫人到城外將周瑞捆了送到衙門審問林之孝只管跪着不敢起求賈政道你還跪著做什麼林之孝道奴才該死求老爺開恩正說著賴大等一干辦事家人上來請了安呈上喪事賬簿賈政道交給璉二爺筭明了來回吆喝

着林之孝起來出去了賈璉一腿跪着在賈政身邊說了一句話賈政把眼一瞪道胡說老太太的事銀兩被賊偷去難道就該罰奴才拿出來麽賈璉紅了臉不敢言語站起來也不敢動賈政道你媳婦怎麽樣了賈璉又跪下說看來是不中用了賈政嘆口氣道我不料家運衰敗一至如此況且環哥兒他媽尚在廟中病着也不知是什麽症候你們知道不知道賈璉也不敢言語賈政道傳出話去叫人帶了大夫瞧瞧去賈璉即忙答應着出來叫人帶了大夫到鐵檻寺去瞧趙姨娘未知死活下回分解

紅樓夢第一百十二回終

紅樓夢第一百十三回

懺宿冤鳳姐托村嫗　釋舊憾情婢感痴郎

話說趙姨娘在寺內得了暴病見人少了更加混說起來唬的衆人發怔就有兩個女人攙着趙姨娘雙膝跪在地下說一回哭一回有時爬在地下叫饒說打殺我了紅鬍子的老爺我再不敢了有一時雙手合着也是叫疼眼睛突出嘴裡鮮血直流頭髮披散人人害怕不敢近前那時又將天晚趙姨娘的聲音只管陰啞起來居然鬼嚎的一般無人敢在他跟前只得叫了幾個有膽量的男人進來坐着趙姨娘一時死去隔了些時又回過來整整的鬧了一夜到了第二天也不言語只裝鬼臉自

巳拿手撕開衣服露出胸膛好像有人剝他的樣子可憐趙姨娘雖說不出來其痛苦之狀實在難堪正在危急大夫來了也不敢胗脉只囑咐辦後事罷說了起身就走那送大夫的家人再三央告說請老爺看看脉小的好囘稟家主那大夫用手一摸巳無脉息賈環聽了這纔大哭起來衆人只顧賈環誰管趙姨娘蓬頭赤脚死在炕上只有周姨娘心裡想到做偏房的下場頭不過如此况他還有兒子我將來死的時候還不知怎樣呢於是反倒悲切且說那人趕囘家去禀叫賈政即派人去照例料理陪着環兒住了三天一同囘來那人去了這裡一人傳十十人傳百都知道姨娘使了毒心害人被陰司裡拷打死了

又說是璉二奶奶只怕也好不了怎麽說璉二奶奶告的呢這些話傳到平兒耳內甚是着急看着鳳姐的樣子實在是不能好的了况且賈璉近日並不似先前的恩愛本來事也多竟像不與他相干的平兒在鳳姐跟前只管勸慰又兼着邢王二夫人回家幾日只打發人來問問並不親身來看鳳姐心裡更加悲苦賈璉回來也沒有一句貼心的話鳳姐此時只求速死心裡一想邪魔悉至只見尤二姐從房後走來漸近牀前說姐姐許久的不見了做妹妹的想念的狠要見不能如今好容易進來見見姐姐姐姐的心機也用盡了偺們的二爺糊塗也不領姐姐的情反倒怨姐姐作事過於刻薄把他的前程去了叫他

如今見不得人我替姐姐氣不平鳳姐恍惚說道我如今也後悔我的心忒窄了妹妹不念舊惡還來瞧我平兒在傍聽見說道奶奶說什麽鳳姐一時蘇甦想起尤二姐已死必是他來索命被平兒叫醒心裡害怕又不肯說出只得勉强說道我神魂不定想是說夢話給我搥搥平兒上去搥着見個小丫頭子進來說是劉老老來了婆子們帶着來請奶奶的安平兒急忙下來說在那裡呢小丫頭子說他不敢就進來還聽奶奶的示下平兒聽了點頭想鳳姐病裡必是懶待見人便說道奶奶現在養神呢暫且叫他等著你問他來有什麽事麽小丫頭子說道他們問過了沒有事說知道老太太去世了因沒有報纔來遲

了小丫頭子說着鳳姐聽見便叫平兒你來人家好心來瞧不可冷淡了他你去請了劉老老進來我和他說說話兒平兒只得出來請劉老老這裡坐鳳姐剛要合眼又見一個男人一個女人走向炕前就像要上炕的鳳姐急忙便叫平兒說那裡來了一個男人跑到這裡來了連叫了兩聲只見豐兒小紅赶來說奶奶要什麼鳳姐睜眼一瞧不見有人心裡明白不肯說出來便問豐兒道平兒這東西那裡去了豐兒道不是奶奶叫去請劉老老去了麼鳳姐定了一會神也不言語只見平兒同劉老老帶了一個小女孩兒進來說我們姑奶奶在那裡平兒引到炕邊劉老老便說請姑奶奶安鳳姐睜眼一看不覺一陣傷

心說老老你好怎麼這時候纔來你瞧你外孫女兒也長的這麼大了劉老老看着鳳姐骨瘦如柴神情恍惚心裡也就悲慘起來說我的奶奶怎麼這幾個月不見就病到這個分兒我糊塗的要死怎麼不早來請姑奶奶的安便叫青兒給姑奶奶請安青兒只是笑鳳姐看了倒也十分憐愛便叫小紅招呼着劉老老道我們屯鄉裡的人不會病的若一病了就要求神許愿從不知道吃藥我想姑奶奶的病別是撞着什麼了罷平兒聽着那話不在理忙在背地裡拉他劉老老會意便不言語了那裡知道這句話倒合了鳳姐的意扎掙着說老老你是有年紀的人說的不錯你見過的趙姨娘也死了你知道麼劉老老咤

異道阿彌陀佛好端端一個人怎麽就死了我記得他也有一個小哥兒這可怎麽樣呢平兒道那怕什麽他還有老爺太太呢劉老老道姑娘你那裡知道不好死了是親生的隔了肚皮子是不中用的這句話又招起鳳姐的愁腸嗚嗚咽咽的哭起來了衆人都來解勸巧姐兒聽見他母親悲哭便走到炕前用手拉着鳳姐的手也哭起來鳳姐一面哭着道你見過了老老了没有巧姐兒道没有鳳姐道你的名字還是他起的呢就和乾媽一樣你給他請個安巧姐兒便走到跟前劉老老忙拉着道阿彌陀佛不要折殺我了巧姑娘我一年多不來你還認得我麽巧姐兒道怎麽不認得那年在園裡見的時候我還小呢

前年你來我和你要隔年的蟈蟈兒你也沒有給我必是忘了劉老老道好姑娘我是老糊塗了要說蟈蟈兒我們屯裏多着呢只是不到我們那裏去若去了要一車也容易鳳姐道不然你帶了他去罷劉老老笑道姑娘這樣千金貴體綾羅裹大了的吃的是好東西到了我們那裏我拿什麼哄他頑拿什麼給他吃呢這倒不是坑殺我了麼說着自己還笑因說那麼著我給姑娘做個媒罷我們那裏雖說是屯鄉裏也有大財主人家幾千頃地幾百牲口銀子錢亦不少只是不像這裏有金的有玉的姑奶奶自然瞧不起這樣人家我們庄家人瞧着這樣財主也算是天上的人了鳳姐道你說去我願意就給劉老老道

這是頑話兒罷咧放著姑奶奶這樣大官大府的人家只怕還不肯給那裡肯給庄家人就是姑奶奶肯了上頭太太們也不給巧姐因他這話不好聽便走了去和青兒說話兩個女孩兒倒說得上漸漸的就熟起來了這裡平兒恐劉老老話多攪煩了鳳姐便拉了劉老老說你提起太太來你還沒有過去呢我出去叫人帶了你去見見也不枉來這一趟劉老老便要走鳳姐道忙什麽你坐下我問你近來的日子還過的麽劉老老千恩萬謝的說道我們若不仗著姑奶奶說着指着青兒說他的老子娘都要餓死了如今雖說是庄家人苦家裡也掙了好幾畝地又打了一眼井種些菜蔬瓜菓一年賣的錢也不少儘彀

他們嚼吃的了這兩年姑奶奶還時常給些衣服布疋在我們村裡算過得的了阿彌陀佛前日他老子進城聽見姑奶奶這裡動了家我就幾乎唬殺了虧得又有人說不是這裡我纔放心後來又聽見說這裡老爺陞了我又喜歡就要來道喜為的是滿地的庄家來不得昨日又聽見說老太太沒有了我在地裡打豆子聽見了這話唬的連豆子都拿不起來了就在地裡狠狠的哭了一大場我合女婿說我也顧不得你們了不管真話謊話我是要進城瞧瞧去的我女兒女婿也不是沒良心的聽見了也哭了一會子今兒天沒亮就赶着我進城來了我也不認得一個人沒有地方打聽一徑來到後門見是門神都糊

了我這一唬又不小進了門找周嫂子再找不著撞見一個小姑娘說周嫂子得了不是攆出去了我又等了好半天遇見個熟人纔得進來不打諒姑奶奶也是這麼病說着就掉下淚來平兒着急也不等他說完了拉着就走說你老人家說了半天口也乾了偺們喝茶去罷拉著劉老老到下房坐着青兒自在巧姐那邊劉老老道茶倒不要好姑娘叫人帶了我去請太太的安哭哭老太太去罷平兒道你不用忙今兒也赶不出城去了方纔我是怕你說話不防頭招的我們奶奶哭所以催你出來你別思量劉老老道阿彌陀佛姑娘這是多心我也知道倒是奶奶的病怎麼好呢平兒道你瞧妨碍不妨碍劉老老道說

是罪過我瞧着不好正說著又聽鳳姐叫呢平兒及到床前鳳姐又不言語了平兒正問豐兒賈璉進來向炕上一瞧也不言語走到裡間氣哼哼的坐下只有秋桐跟了進去倒了茶殷勤一回不知嘁嘁喳喳的說些什麼回來賈璉叫平兒來問道奶奶不吃藥麽平兒道不吃藥怎麽樣呢賈璉道我知道麽你拿櫃子上的鑰匙來罷平兒見賈璉有氣又不敢問只得出來鳳姐耳邊說了一聲鳳姐不言語平兒便將一個匣子擱在賈璉那裡就走賈璉道有鬼叫你嗎你擱着叫誰拿呢平兒忍氣打開取了鑰匙開了櫃子便問道拿什麽賈璉道偺們有什麽嗎平兒氣的哭道有話明說人死了也願意賈璉道還要說麽

頭裡的事是你們鬧得如今老太太的還短了四五千銀子老爺叫我拿公中的地賬弄銀子你說有麽外頭拉的賬不開發使得麽誰叫我應這個名兒只好把老太太給我的東西折變去罷了你不依麽平兒聽了一句不言語將櫃裡東西搬出只見小紅過來說平姐姐快走奶奶不好呢平兒也顧不得賈璉急忙過來見鳳姐用手空抓平兒用手攥着哭叫賈璉也過來一瞧把脚一跺道若是這樣是要我的命了說着掉下淚來豐兒進來說外頭找二爺呢賈璉只得出去這裡鳳姐愈加不好豐兒等便大哭起來巧姐聽見趕來劉老老也急忙走到炕前嘴裡念佛搗了些鬼果然鳳姐好些一時王夫人聽了丫頭的

信也過來了先見鳳姐安靜些心下略放心見了劉老老便說劉老老你好什麼時候來的劉老老便說請安也不及說別的只言鳳姐的病講究了半天彩雲進來說老爺請太太呢王夫人叮嚀了平兒幾句話便過去了鳳姐鬧了一回此時又覺清楚些見劉老老在這裡心裡信他求神禱告便把豐兒等支開叫劉老老坐在床前告訴他心神不寧如見鬼的樣子劉老老便說我們屯裡什麼菩薩靈什麼廟有感應鳳姐道求你替我禱告要用供獻的銀錢我有便在手腕下退下一隻金鐲子來交給他劉老老道姑奶奶不用那個我們村庄人家許了願好了花上幾百錢就是了那用這些就是我替姑奶奶來去也是

許愿等姑奶奶好了要花什麽自已去花罷鳳姐明知劉老老一片好心不好勉强只得留下說老老我的命交給你了我的巧姐兒也是千災百病的也交給你了劉老老順口答應便說這麽着我看天氣尚早還赶的出城去我就去了明兒姑奶奶好了再請還願去鳳姐因被衆冤魂纏繞害怕巴不得他就去便說你若肯替我用心我能安穩睡一覺我就感激你了你外孫女兒叫他在這裡住下罷劉老老道庄家孩子沒有見過世面没的在這裡打嘴我帶他去的好鳳姐道這就是多心了旣是偺們一家人這怕什麽雖說我們窮了多一個人吃飯也不算什麽劉老老見鳳姐眞情樂得叫青兒住幾天省了家裡的

嚼吃只怕青兒不肯不如叫他來問問若是他肯就留下于是和青兒說了幾句青兒因與巧姐兒頑得熟了巧姐又不願意他去青兒又要在這裡劉老老便吩咐了幾句辭了平兒忙忙的赶出城去不題且說櫳翠菴原是賈府的地址因蓋省親園子將那菴圈在裡頭向來食用香火並不動賈府的錢糧如今妙玉被刼那女尼呈報到官一則候官府緝盜的下落二則是妙玉基業不便離散依舊住下不過回明了賈府那時賈府的人雖都知道只爲賈政新喪且又心事不寧也不敢將這些沒要緊的事回禀只有惜春知道此事日夜不安漸漸傳到寶玉耳邊說妙玉被賊刼去又有的說妙玉凡心動了跟人而走寶

玉聽得十分納悶想來必是被強徒搶去這個人必不肯受一定不屈而死但是一無下落心下甚不放心每日長嘘短嘆還說這樣一個人自稱爲檻外人怎麽遭此結局又想到當日園中何等熱鬧自從二姐姐出閣一來死的死嫁的嫁我想他一塵不染是保得住的了豈知風波頓起比林妹妹死的更奇由是一而二二而三追思起來想到莊子上的話虛無縹緲人生在世難免風流雲散不覺的大哭起來襲人等又道是他的瘋病發作百般的温柔解勸寶釵初時不知何故也用話箴規怎奈寶玉抑鬱不解又覺精神恍惚寶釵想不出道理再三打聽方知妙玉被刼不知去向也是傷感只爲寶玉愁煩便用正言

解釋因提起蘭兒自送殯回來雖不上學聞得日夜攻苦他是老太太的重孫老太太素來望你成人老爺爲你日夜焦心你爲閒情痴意遭塌自己我們守着你如何是個結果說得寶玉無言可答過了一回纔說道我那管人家的閒事只可歎咱們家的運氣衰頹寶釵道可又來老爺太太原爲是要你成人接緒祖宗遺緒你只是執迷不悟如何是好寶玉聽來話不投機便靠在桌上睡去寶釵也不理他叫麝月等伺候着自己都去睡了寶玉見屋裡人少想起紫鵑到了這裡我從沒合他說句知心的話兒冷冷清清撂着他我心裡甚不過意他呢又比不得麝月秋紋我可以安放得的想起從前我病的時候他在我

這裡伴了好些時如今他的那一面小鏡子還在我這裡他的情意却也不薄了如今不知爲什麽見我就是冷冷的若說爲我們這一個呢他是合林妹妹最好的我看他待紫鵑也不錯我不在家的日子紫鵑原也與他有說有笑的到我來了紫鵑便走開了想來自然是爲林妹妹死了我便成了家的原故噯紫鵑紫鵑你這樣一個聰明女孩兒難道連我這點子苦處都看不出來麽因又一想今晚他們睡的睡做活的做活不如趁着這個空兒我找他去看他有什麽話倘或我還有得罪之處便陪個不是也使得想定主意輕輕的走出了房門來找紫鵑那紫鵑的下房也就在西廂裡間寶玉悄悄的走到窗下只見

裡面尚有燈光便用舌頭舐破窗紙往裡一瞧見紫鵑獨自挑燈又不是做什麽呆呆的坐著寶玉便輕輕的叫道紫鵑姐姐還没有睡麽紫鵑聽了唬了一跳怔怔的半日纔說是誰寶玉道是我紫鵑聽著似乎是寶玉的聲音便問是寶二爺麽寶玉在外輕輕的答應了一聲紫鵑問道你來做什麽寶玉道我有一句心裡的話要和你說說你開了門我到你屋裡坐坐紫鵑停了一會兒說道二爺有什麽話天晚了請回罷明日再說罷寶玉聽了寒了半截自己還要進去恐紫鵑未必開門欲要回去這一肚子的隱情越發被紫鵑這一句話勾起無奈說道我也没有多餘的話只問你一句紫鵑道既是一句就請說寶玉

半日反不言語紫鵑在屋裡不見寶玉言語知他素有痴病恐怕一時寔在搶白了他勾起他的舊病倒也不好了因站起來細聽了一聽又問道是走了還是傻站着呢有什麽又不說儘着在這裡慪人已經慪死了一個難道還要慪死一個麽這是何苦來呢說着也從寶玉舐破之處往外一瞧見寶玉在那裡獃聽紫鵑不便再說回身剪了剪燭花忽聽寶玉嘆了一聲道紫鵑姐姐你從來不是這樣鐵心石腸怎麽近來連一句好好的兒話都不和我說了我固然是個濁物不配你們理我但只我有什麽不是只望姐姐說明了那怕姐姐一輩子不理我我死了倒作個明白鬼呀紫鵑聽了冷笑道二爺就是這個話呀

還有什麽若就是這句話呢我們姑娘在時我也跟着聽俗了若是我們有什麽不好處呢我是太太派來的二爺倒是回太太去左右我們丫頭們更算不得什麽了說到這裡那聲兒便哽咽起來說着又醒鼻涕寳玉在外知他傷心哭了便急的跺脚道這是怎麽說我的事情你在這裡幾個月還有什麽不知道的就便别人不肯替我告訴你難道你還不叫我說叫我鱉死了不成說著也嗚咽起來了寳玉正在這裡傷心忽聽背後一個人接言道你叫誰替你說呢誰是誰的什麽自已得罪了人自已央及呀人家賞臉不賞在人家何苦来拿我們這些没要緊的墊喘兒呢這一句話把裡外兩個人都嚇了一跳你道

是誰原來却是麝月寶玉自覺臉上沒趣只見麝月又說道到底是怎麼着一個陪不是一個又不理你倒是快快兒的央及呀噯我們紫鵑姐姐也就太狠心了外頭這麼怪冷的人家央及了這半天總連個活動氣兒也沒有又向寶玉道剛纔二奶奶說了多早晚了打諒你在那裡呢你却一個人站在這房簷底下做什麼紫鵑裡面接着說道這可是什麼意思呢早就請二爺進去有話明日說罷這是何苦來寶玉還要說話因見麝月在那裡不好再說別的只得一面同麝月走回一面說道罷了罷了我今生今世也難剖白這個心了惟有老天知道罷了說到這裡那眼淚也不知從何處來的滔滔不斷了麝月道二

爺依我勸你死了心罷白陪眼淚也可惜了兒的寶玉也不答言遂進了屋子只見寶釵睡了寶玉也知寶釵裝睡却是襲人說了一句道有什麼話明日說不得巴巴兒的跑到那裡去鬧鬧出說到這裡也就不肯說遲一遲纔接着道身上不覺怎麼様寶玉也不言語只搖搖頭兒襲人便打發寶玉睡下一夜無眠自不必說這裡紫鵑被寶玉一招越發心裡難受直直的哭了一夜思前想後寶玉的事明知他病中不能明白所以衆人弄鬼弄神的辦成了後來寶玉明白了舊病復發時常哭想並非忘情負義之徒今日這種柔情一發叫人難受只可憐我們林姑娘真真是無福消受他如此看來人生緣分都有一定在

那未到頭時大家都是痴心妄想及至無可如何那糊塗的也就不理會了那情深義重的也不過臨風對月灑淚悲啼可憐那死的倒未必知道這活真真的是苦惱傷心無休無了算來竟不如草木石頭無知無覺倒也心中乾淨想到此處倒把一片酸熱之心一時冰冷了纔要收拾睡時只聽東院裡吵嚷起來未知何事下回分解

紅樓夢第一百十三回終

紅樓夢第一百十四回

王熙鳳歷幻返金陵　甄應嘉蒙恩還玉闕

却說寶玉寶釵聽說鳳姐病的危急趕忙起來丫頭秉燭伺候正要出院只見王夫人那邊打發人來說璉二奶奶不好了還沒有嚥氣二爺二奶奶且慢些過去罷璉二奶奶的病有些古怪從三更天起到四更時候沒有住嘴說了好些胡話要船要轎只說赶到金陵歸入什麽冊子去衆人不懂他只是哭哭喊喊璉二爺沒有法兒只得去糊船轎還沒拿來璉二奶奶喘著氣等著呢太太叫我們過來說等璉二奶奶去了再過去罷寶玉道這也奇他到金陵做什麽去襲人輕輕的說道你不是那

年做夢我還記得說有多少册子莫不璉二奶奶是到那裡去罷寶玉聽了點頭道是呀可惜我都不記得那上頭的話了這麼說起來人都有個定數的了但不知林妹妹又到那裡去了我如今被你一說我有些懂的了若再做這個夢時我必細細的瞧一瞧便有未卜先知的分兒了襲人道你這樣的人可是不可合你說話我偶然提了一句你就認起眞來了嗎就算你能先知了又有什麼法兒寶玉道只怕不能先知若是能了我也犯不着爲你們瞎操心了兩人正說着寶釵走來問道你們說什麼寶玉恐他盤詰只說我們談論鳳姐姐寶釵道人要死了你們還只管議論他舊年你還說我咒人那個籤不是應了

麼寶玉又想了一想拍手道是的是的這麼說起來你倒能先知了我索性問問你你知道我將來怎麼樣寶釵笑道這是又胡鬧起來了我是就他求的籤上的話混解的你就認了真了你和我們二嫂子成了一樣的了你失了玉他去求妙玉扶乩批出來衆人不解他背地裡合我說妙玉怎麼前知怎麼參禪悟道如今他遭此大難如何自己都不知道這可是算得前知嗎就是我偶然說着了二奶奶的事情其實知道他是怎麼樣了只怕我連我自己也不知道呢這些事情原都是虛誕的可是信得的麼寶玉道別提他了你只說邢妹妹罷自從我們這裡連連的有事把他這件事竟忘記了你們家這麼一件大事

怎麽就草草的完了也沒請親喚友的寶釵道你這話又是迂了我們家的親戚秖有偺們這裡和王家最近王家沒了什麽正經人了偺們家遭了老太太的大事所以也沒請就是璉二哥張羅了張羅別的親戚雖也有一兩門子你沒過去如何知道筭起來我們這二嫂子的命和我差不多好好的許了我二哥哥我媽媽原想要體體面面的給二哥哥娶這房親事的一則爲我哥哥在監裡二哥哥也不肯大辦二則爲偺們家的事三則爲我二嫂子在大太太那邊忒苦又加着抄了家大太太是一味的苛刻他也寔在難受所以我和媽媽說了便將將就就的娶了過去我看二嫂子如今倒是安心樂意的孝敬我媽

媽比親媳婦還强十倍呢待二哥哥也是極盡婦道的和香菱又甚好二哥哥不在家他兩個和和氣氣的過日子雖說是窮些我媽媽近来倒安逸好些就是想起我哥哥來不免傷心况且常打發人家裡來要使用多虧二哥哥在外頭賬頭兒上討来應付他我聽見說城裡的幾處房子已經典了還剩了一所如今打算着搬了去住寶玉道爲什麽要搬住在這裡你來去也便宜些若搬遠了你去就要一天了寶釵道雖說是親戚到底各自的穩便些那裡有個一輩子住在親戚家的呢寶玉還要講出不搬去的理王夫人打發人來說璉二奶奶嚥了氣了所有的人都過去了請二爺二奶奶就過去寶玉聽了也掌

不住跺脚要哭寳釵雖也悲戚恐寳玉傷心便説有在這裡哭的不如到那邊哭去於是兩人一直到鳳姐那裡只見好些人圍着哭呢寳釵走到跟前見鳳姐已經停床便大放悲聲寳玉也拉着賈璉的手大哭起來賈璉也重新哭泣平兒等因見無人勸解只得含悲上來勸止了衆人都悲哀不止賈璉此時手足無措叫人傳了賴大來叫他辦理喪事自己回明了賈政然後去行事但是手頭不濟諸事拮据又想起鳳姐素日的好處來更加悲哭不已又見巧姐哭的死去活來越發傷心哭到天明即刻打發人去請他大舅子王仁過來那王仁自從王子騰死後王子勝又是無能的人任他胡爲已鬧的六親不和今知

妹子死了只得趕着過來哭了一塲見這裡諸事將就心下便不舒服說我妹妹在你家辛辛苦苦當了好几年家也沒有什麼錯處你們家該認真的發送發送纔是怎麼這時候諸事還沒有齊備賈璉本與王仁不睦見他說些混賬話知他不懂的什麼也不大理他王仁便叫了他外甥女兒巧姐過來說你娘在時本來辦事不周到只知道一味的奉承老太太把我們的人都不大看在眼裡外甥女兒你也大了看見我從來沾染過你們沒有如今你娘死了諸事要聽著舅舅的話你母親娘家的親戚就是我和你二舅舅了你父親的為人我也早知道了只有敬重別人的那年什麼尤姨娘死了我雖不在京聽見說

花了好些銀子如今你娘死了你父親倒是這樣的將就辦去你也不知道勸勸你父親嗎巧姐道我父親巴不得要好看只是如今比不得從前了現在手裡沒錢所以諸事省些是有的王仁道你的東西還少麼巧姐兒道舊年抄去何嘗還有呢王仁道你也這樣說我聽見老太太又給了好些東西你該拿出來巧姐又不好說父親用去只推不知道王仁便道哦我知道了不過是你要留着做嫁裝罷咧巧姐聽了不敢回言只氣得哽噎難鳴的哭起來了平兒生氣說道舅老爺有話等我們二爺進來再說姑娘這麼點年紀他懂的什麼王仁道你們是巴不得二奶奶死了你們就好爲王了我並不要什麼好看些也

是你們的臉面說着賭氣坐着巧姐滿心的不舒服心想我父親並不是沒情我媽媽在時舅舅不知拿了多少東西去如今說得這樣干淨于是便不大瞧得起他舅舅了豈知王仁心裡想來他妹妹不知積攢了多少雖說抄了家那屋裡的銀子還怕少嗎必是怕我來纏他們所以也幫着這麼說這小東西兒也是不中用的從此王仁也嫌了巧姐兒了賈璉並不知道只忙着弄銀錢使用外頭的大事叫賴大辦了裡頭也要用好些錢一時實在不能張羅平兒知他着急便叫賈璉道二爺也別過於傷了自己的身子賈璉道什麼身子現在日用的錢都沒有這件事怎麼辦偏有個糊塗行子又在這裡蠻纏你想有什

麽法兒平兒道二爺也不用着急若說沒錢使喚我還有些東西舊年幸虧沒有抄在裡頭去二爺要就拿去當著便喚罷賈璉聽了心想難得這樣便笑道這樣更好省得我各處張羅等我銀子弄到手了還你平兒道我的也是奶奶給的什麽還不還只要這件事辦的好看些就是了賈璉心裡倒着實感激他便將平兒的東西拿了去當錢使用諸凡事情便與平兒商量秋桐看着心裡就有些不甘每每口角裡頭便說平兒沒有了奶奶他要上去了我是老爺的人他怎麽就越過我去了呢平兒也看出來了只不理他倒是賈璉一時明白越發把秋桐嫌了碰着有些煩惱便拿着秋桐出氣邢夫人知道反說賈璉不

好賈璉忍氣不題再說鳳姐停了十餘天送了殯賈政守着老太太的孝總在外書房那時清客相公漸漸的都辭去了只有個程日興還在那裡時常陪著說說話兒提起家運不好一連人口死了好些大老爺合珍大爺又在外頭家計一天難似一天外頭東庄地畝也不知道怎麼樣總不得了那程日興道我在這裡好些年也知道府上的人那一個不是肥己的一年一年都往他家裡拿那自然府上是一年不敷一年了又添了大老爺珍大爺那邊兩處的費用外頭又有些債務前兒又破了好些財要想衙門裡緝賊追贓那是難事老世翁若要安頓家事除非傳那些管事的來派一個心腹人各處去清查清查該

去的去該留的留有了虧空着在經手的身上賠補這就有了數見了那一座大園子人家是不敢買的這裡頭的出息也不少又不派人管了幾年老世翁不在家這些人就弄神弄鬼兒的鬧的一個人不敢到園裡這都是家人的弊此時把下人查一查好的使着不好的便攆了這纔是道理賈政點頭道先生你有所不知不必說下人就是自巳的侄兒也靠不住若要我查起來那能一一親見親知况我又在服中不能照管這些個我素來又兼不大理家有的没的我還摸不著呢程日興道老世翁最是仁德的人若在别人家這樣的家計就窮起來十年五載還不怕便向這些管家的要也就彀了我聽見世翁的家

人還有做知縣的呢賈政道一個人若要使起家人們的錢來便了不得了只好自已儉省些但是冊子上的產業若是寔有還好生怕有名無實了程日興道老世翁所見極是晚生爲什麼說要查查呢賈政道先生必有所聞程日興道我雖知道些那些管事的神通晚生也不敢言語的賈政聽了便知話裏有因便嘆道我家祖父已來都是仁厚的從沒有刻薄過下人我看如今這些人一日不似一日了在我手裏行出主子樣兒來又叫人笑話兩人正說著門上的進來回道江南甄老爺來了賈政便問道甄老爺進京爲什麼那人道奴才也打聽過了說是蒙聖恩起復了賈政道不用說了快請罷那人出去請了進

來那甄老爺即是甄寶玉之父名叫甄應嘉表字友忠也是金陵人氏功勳之後原與賈府有親素來走動的因前年罣誤革了職動了家產今遇主上眷念功臣賜還世職行取來京陛見知道賈母新喪特備祭禮擇日到寄靈的地方拜奠所以先來拜望賈政有服不能遠接在外書房門口等着那位甄老爺一見便悲喜交集因在制中不便行禮遂拉着手叙了些闊別思念的話然後分賓主坐下獻了茶彼此又將別後事情的話說了賈政問道老親翁幾時陛見的甄應嘉道前日賈政道主上隆恩必有溫諭甄應嘉道主上的恩典真是比天還高下了好些旨意賈政道什麼好旨意甄應嘉道近來越寇猖獗海疆一

帶小民不安派了安國公征剿賊寇主上因我熟悉土疆命我前往安撫但是即日就要起身昨日知老太太仙逝謹備瓣香至靈前拜奠稍盡微忱賈政即忙叩首拜謝便說老親翁即此一行必是上慰聖心下安黎庶誠哉莫大之功正在此行但弟不克親覩奇才只好遙聆捷報現在鎮海統制是弟舍親會時務望青照甄應嘉道老親翁與統制是什麽親戚賈政道弟那年在江西糧道任時將小女許配與統制少君結褵已經三載因海口案內未清繼以海寇聚奸所以音信不通弟深念小女俟老親翁安撫事竣後拜懇便中一視弟即修字數行煩尊紀帶去便感激不盡了甄應嘉道兒女之情人所不免我正在有

奉託老親翁的事昨蒙聖恩召取來京因小兒年幼家下乏人將賤眷全帶來京我因欽限迅速晝夜先行賤眷在後緩行到京尚需時日弟奉旨出京不敢久留將來賤眷到京少不得要到尊府定叫小犬叩見如可進教遇有姻事可圖之處望乞留意為感賈政一一答應那甄應嘉又說了几句話就要起身說明日在城外再見賈政見他事忙諒難再坐只得送出書房賈璉寶玉早已伺候在那裡代送因賈政未叫不敢擅入甄應嘉出來兩人上去請安應嘉一見寶玉呆了一呆心想這個怎麼甚像我家寶玉只是渾身縞素問道至親久闊爺們都不認得了賈政忙指賈璉道這是家兄名赦之子璉二侄兒又指著寶

玉道這是第二小犬名叫寶玉應嘉拍手道奇我在家聽見說老親翁有個啣玉生的愛子名叫寶玉因與小兒同名心中甚爲罕異後來想著這個也是常有的事不在意了豈知今日一見不但面貌相同且舉止一般這更奇了問起年紀比這裡的哥兒畧小一歲賈政便又提起承薦包勇問及令郎哥兒與小兒同名的話述了一遍應嘉因屬意寶玉也不暇問及那包勇的好歹只連連的稱道眞眞罕異因又拉着寶玉的手極致殷勤又恐安國公起身甚速急須預偹長行勉强分手徐行賈璉寶玉送出一路又問了寶玉好些然後纔登車而去那賈璉寶玉回來見了賈政便將應嘉問的話回了一遍賈政命他二人

散去賈璉又去張羅弄明鳳姐喪事的賬目寶玉回到自已房中告訴了寶釵說是常提的甄寶玉我想一見不能今日倒先見了他父親了我還聽得說寶玉也不日要到京了要來拜望我們老爺呢他也說和我一模一樣的我只不信若是他後兒到了偺們這裡來你們都去瞧瞧看他果然和我像不像寶釵聽了道噯你說話怎麼越發没前後了什麼男人同你一樣都說出來了還叫我們瞧去呢寶玉聽了知是失言臉上一紅連忙的還要解說不知何話下回分解

紅樓夢第一百十四回終

紅樓夢第一百十五回

惑偏私惜春矢素志　證同類寶玉失相知

話說寶玉為自己失言被寶釵問住想要掩飾過去只見秋紋進來說外頭老爺叫二爺呢寶玉巴不得一聲兒便走了到賈政那裏賈政道我叫你來不為別的現在你穿着孝不便到學裏去你在家裏必要將你念過的文章溫習溫習我這幾天倒也閒着隔兩三日要做幾篇文章我瞧瞧看你這些時進益了沒有寶玉只得答應着賈政又道你環兄弟蘭侄兒我也叫他們溫習去了倘若你做的文章不好反倒不及他們那可就不成事了寶玉不敢言語答應了個是站着不動賈政道去罷寶

玉退了出來正遇見賴大諸人拿著些冊子進來寶玉一溜烟回到自已房中寶釵問了知道叫他作文章倒也喜歡惟有寶玉不願意也不敢怠慢正要坐下靜靜心只見兩個姑子進來是地藏庵的見了寶釵說道請二奶奶安寶釵待理不理的說你們好因叫人來倒茶給師父們喝寶玉原要和那姑子說話見寶釵似乎厭惡這些也不好兜搭那姑子知道寶釵是個冷人也不久坐辭了要去寶釵道再坐坐去罷那姑子道我們因在鐵檻寺做了功德好些時沒來請太太奶奶們的安今日來了見過了奶奶太太們還要看看四姑娘呢寶釵點頭由他去了那姑子到了惜春那裡看見彩屏便問姑娘在那裡呢彩屏

道不用提了姑娘這幾天飯都沒吃只是歪着那姑子道為什麼彩屏道說也話長你見了姑娘只怕他就和你說了惜春早已聽見急忙坐起說你們兩個人好啊見我們家事差了就不來了那姑子道阿彌陀佛有也是施主沒也是施主別說我們是本家庵裡受過老太太多少恩惠的如今老太太的事太太奶奶們都見過了只沒有見姑娘心裡惦記今兒是特特的來瞧姑娘來了惜春便問起水月庵的姑子來那姑子道他們庵裡鬧了些事如今門上也不肯常放進來了便問惜春道前兒聽見說櫳翠庵的妙師父怎麼跟了人走了惜春道那裡的話說這個話的人隄防着割舌頭人家遭了強盜搶去怎麼還說

這樣的壞話那姑子道妙師父的爲人古怪只怕是假惺惺罷在姑娘面前我們也不好說的那裡像我們這些粗夯人只知道諷經念佛給人家懺悔也爲着自巳修個善果惜春道怎麼樣就是善果呢那姑子道除了偺們家這樣善德人家兒不怕若是別人家那些誥命夫人小姐也保不住一輩子的榮華到了苦難來了可就救不得了只有個觀世音菩薩大慈大悲遇見人家有苦難事就慈心發動設法兒救濟爲什麼如今都說大慈大悲救苦救難的觀世音菩薩呢我們修了行的人雖說比夫人小姐們苦多着呢只是沒有險難的了雖不能成佛作祖修修來世或者轉個男身自巳也就好了不像如今脫生了

個女人胎子什麽委屈煩難都說不出來姑娘你還不知道呢要是姑娘們抖了出了門子這一輩子跟着人是更沒法兒的若說修行也只要修得真那妙師父自爲才情比我們强他就嫌我們這些人俗豈知俗的纔能得善緣呢他如今到底是遭了大刧了惜春被那姑子一番話說的合在機上也顧不得丫頭們在這裡便將尤氏待他怎樣前兒看家的事說了一遍並將頭髮指給他瞧道你打諒我是什麽沒主意戀火坑的人麽早有這樣的心只是想不出道兒來那姑子聽了假作驚慌道姑娘再别說這個話珍大奶奶聽見還要罵殺我們攆出菴去呢姑娘這樣人品這樣人家將來配個好姑爺享一輩子的榮

華富貴惜春不等說完便紅了臉說珍大奶奶攆得你我就攆不得麼那姑子知是真心便索性激他一激說道姑娘別怪我們說錯了話太太奶奶們那裡就依得姑娘的性子呢那時鬧出沒意思來倒不好我們倒是爲姑娘的話惜春道這也瞧罷咧彩屏等聽這話頭不好便使個眼色兒給姑子叫他走那姑子會意本來心裡也害怕不敢挑逗便告辭出去惜春也不留他便冷笑道打諒天下就是你們一個地藏庵麼那姑子也不敢答言去了彩屏見事不妥恐耽不是悄悄的去告訴了尤氏說四姑娘鉸頭髮的念頭還沒有息呢他這幾天不是病竟是怨命奶奶隄防些別鬧出事來那會子歸罪我們身上尤氏道

他那裡是爲要出家他爲的是大爺不在家安心和我過不去
也只好由他罷了彩屏等沒法也只好常常勸解豈知惜春一
天一天的不吃飯只想鉸頭髮彩屏等吃不住只得到各處告
訴邢王二夫人等也都勸了好幾次怎奈惜春執迷不解邢王
二夫人正要告訴賈政只聽外頭傳進來說甄家的太太帶了
他們家的寶玉來了衆人急忙接出便在王夫人處坐下衆人
行禮叙些寒温不必細述只言王夫人提起甄寶玉與自已的
寶玉無二要請甄寶玉進來一見傳話出去同來說道甄少爺
在外書房同老爺說話說的投了机了打發人來請我們二爺
三爺還叫蘭哥兒在外頭吃飯吃了飯進來說畢裡頭也便擺

飯原來此時賈政見甄寶玉相貌果與寶玉一樣試探他的文才竟應對如流甚是心敬故叫寶玉等三人出來警勵他們再者到底叫寶玉來比一比寶玉聽命穿了素服帶了兄弟侄兒出來見了甄寶玉竟是舊相識一般那甄寶玉也像那裡見過的兩人行了禮然後賈環賈蘭相見本來賈政席地而坐要讓甄寶玉在椅子上坐甄寶玉因是晚輩不敢上坐就在地下鋪了褥子坐下如今寶玉等出來又不能同賈政一處坐着為甄寶玉是晚一輩又不好竟叫寶玉等站着賈政知是不便站起來又說了幾句話叫人擺飯說我失陪叫小兒輩陪着大家說話兒好叫他們領領大教甄寶玉遜謝道老伯大人請便小侄

正欲領世兄們的教呢賈政回覆了幾句便自往內書房去那甄寶玉卻要送出來賈政攔住寶玉等先搶了一步出了書房門檻站立著看賈政進去然後進來讓甄寶玉坐下彼此套叙了一回諸如久慕渴思的話也不必細述且說賈寶玉見了甄寶玉想到夢中之景並且素知甄寶玉爲人必是和他同心以爲得了知己因初次見面不便造次且又賈環賈蘭在坐只有極力誇讚說久仰芳名無由親炙今日見面真是謫仙一流的人物那甄寶玉素來也知賈寶玉的爲人今日一見果然不差只是可與我共學不可與我適道他既和我同名同貌也是三生石上的舊精魂了我如今略知些道理何不和他講講但只

是初見尚不知他的心與我同不同只好緩緩的來便道世兄的才名弟所素知的在世兄是數萬人裡頭選出來最清最雅的至於弟乃庸庸碌碌一等愚人忝附同名殊覺玷辱了這兩個字賈寶玉聽了心想這個人果然同我的心一樣的但是你我都是男人不比那女孩兒們清潔怎麼他拿我當作女孩兒看待起來便道世兄謬讚實不敢當弟至濁至愚只不過一塊頑石耳何敢比世兄品望清高實稱此兩字呢甄寶玉道弟少時不知分量自謂尚可琢磨豈知家遭消索數年來更比瓦礫猶賤雖不敢說歷盡甘苦然世道人情略略的領悟了些須世兄是錦衣玉食無不遂心的必是文章經濟高出人上所以老

伯鍾愛將爲席上之珍弟所以纔說尊名方稱賈寶玉聽這話頭又近了祿蠹的舊套想話回答賈環見未與他說話心中早不自在倒是賈蘭聽了這話甚覺合意便說道世叔所言固是太謙若論到文章經濟實在從歷練中出來的方爲眞才實學在小侄年幼雖不知文章爲何物然將讀過的細味起來那膏粱文綉比著令聞廣譽眞是不啻百倍的了甄寶玉未及答言賈寶玉聽了蘭兒的話心裡越發不合想道這孩子從幾時也學了這一派酸論便說道弟聞得世兄也詆盡流俗性情中另有一番見解今日弟幸會芝範想欲領教一番超凡入聖的道理從此可以洗淨俗腸重開眼界不意視弟爲蠢物所以將世

路的話來酬應甄寶玉聽說心裡曉得他知我少年的性情所以疑我爲假我索性把話說明或者與我作個知心朋友也是好的便說世兄高論固是真切但弟少時也曾深惡那些舊套陳言只是一年長似一年家君致仕在家懶於應酬委弟接待後來見過那些大人先生盡都是顯親揚名的人便是着書立說無非言忠言孝自有一番立德立言的事業方不枉生在聖明之時也不致負了父親師長養育教誨之恩所以把少時那些迂想痴情漸漸的淘汰了些如今尚欲訪師覓友教導愚蒙幸會世兄定當有以教我適纔所言並非虛意賈寶玉愈聽愈不耐煩又不好冷淡只得將言語支吾幸喜裡頭傳出話來

說若是外頭爺們吃了飯請甄少爺裡頭去坐呢寶玉聽了趁勢便邀甄寶玉進去那甄寶玉依命前行賈寶玉等陪着來見王夫人賈寶玉見是甄太太上坐便先請過了安賈環賈蘭也見了甄寶玉也請了王夫人的安兩母兩子互相厮認雖是賈寶玉是娶過親的那甄夫人年紀已老又是老親因見賈寶玉的相貌身材與他兒子一般不禁親熱起來王夫人更不用說拉着甄寶玉問長問短覺得比自己家的寶玉老成些回看賈蘭也是清秀超羣的雖不能像兩個寶玉的形像也還隨得上只有賈環粗夯未免有偏愛之色衆人一見兩個寶玉在這裡都來瞧看說道真真奇事名字同了也罷怎麼相貌身材都是

一樣的戲得是我們寶玉穿孝若是一樣的衣服穿着一時也認不出來內中紫鵑一時癡意發作便想起黛玉來心裡說道可惜林姑娘死了若不死時就將那甄寶玉配了他只怕也是願意的正想着只聽得甄夫人道前日聽得我們老爺回來說我們寶玉年紀也大了求這裡老爺留心一門親事王夫人正愛甄寶玉順口便說道我也想要與令郎作伐我家有四個姑娘那三個都不用說死的死嫁的嫁了還有我們珍大侄兒的妹子只是年紀過小幾歲恐怕難配倒是我們大媳婦的兩個堂妹子生得人才齊正二姑娘呢已經許了人家三姑娘正好與令郎爲配過一天我給令郎作媒但是他家的家計如今差

些甄夫人道太太這話又客套了如今我們家還有什麼只怕人家嫌我們窮罷咧王夫人道現今府上復又出了差將來不但復舊必是比先前更要鼎盛起來甄夫人笑着道但願依著太太的話更好這麼着就求太太作個保山甄寶玉聽他們說起親事便告辭出來賈寶玉等只得陪著來到書房見賈政已在那裡復又立談幾句聽見甄家的人來回甄寶玉道太太要走了請爺回去罷于是甄寶玉告辭出來賈政命寶玉環蘭相送不題且說寶玉自那日見了甄寶玉之父知道甄寶玉來京朝夕盼望今兒見面原想得一知己豈知談了半天竟有些冰炭不投悶悶的回到自已房中也不言也不笑只管發怔寶釵

便問那甄寶玉果然像你麽寶玉道相貌倒還是一樣的只是言談閒看起來並不知道什麽不過也是個祿蠹寶釵道你又編派人家了怎麽就見得也是個祿蠹呢寶玉道他說了半天并沒個明心見性之談不過說些什麽文章經濟又說什麽爲忠爲孝這樣人可不是個祿蠹麽只可惜他也生了這樣一個相貌我想來有了他我竟要連我這個相貌都不要了寶釵見他又說獃話便說道你真真說出句話來叫人發笑這相貌怎麽能不要呢况且人家這話是正理做了一個男人原該要立身揚名的誰像你一味的柔情私意不說自已沒有剛烈倒說人家是祿蠹寶玉本聽了甄寶玉的話甚不耐煩又被寶釵搶

白了一場心中更加不樂悶悶昏昏不覺將舊病又勾起來了并不言語只是傻笑寶釵不知只道自己的話錯了他所以冷笑也不理他豈知那日便有些發獃襲人等慪他也不言語過了一夜次日起來只是獃獃的竟有前番的病樣一日王夫人因爲惜春定要鉸髮出家尤氏不能攔阻看着惜春的樣子是若不依他必要自盡的雖然晝夜着人看守終非常事便告訴了賈政賈政嘆氣跺脚只說東府裏不知幹了什麽鬧到如此地位叫了賈蓉來說了一頓叫他去和他母親說認真勸解勸解若是必要這樣就不是我們家的姑娘了豈知尤氏不勸還好一勸了更要尋死說做了女孩兒終不能在家一輩子的若

像二姐姐一樣老爺太太們倒要操心況且死了如今譬如我死了是的放我出了家干干淨淨的一輩子就是疼我了況且我又不出門就是櫳翠菴原是咱們家的基趾我就在那裡修行我有什麽你們也照應得著現在妙玉的當家的在那裡你們依我呢我就算得了命了若不依我呢我也沒法只有死就完了我如若遂了自巳的心願那時哥哥囘来我和他說並不是你們逼着我的若說我死了未免哥哥囘來倒說他們不容我尤氏本與惜春不合聽他的話也似乎有理只得去回王夫人王夫人巳到寳釵那裡見寳玉神魂失所心下着忙便說襲人道你們忒不留神二爺犯了病也不來回我襲人道二爺的

病原來是常有的一時好一時不好天天到太太那裡仍舊請安去原是好好兒的今兒纔發糊塗些二奶奶正要來回太太恐怕太太說我們大驚小怪寶玉聽見王夫人說他們心裡一時明白怕他們受委屈便說道太太放心我沒什麼病只是心裡覺着有些悶悶的王夫人道你是有這病根子早說了好請大夫瞧瞧吃兩劑藥好了不好若再鬧到頭裡丟了玉的樣子那可就費了事了寶玉道太太不放心便叫個人瞧瞧我就吃藥王夫人便叫丫頭傳話出來請大夫這一個心思都在寶玉身上便將惜春的事忘了遲了一回大夫看了服藥王夫人回去過了幾天寶玉更糊塗了甚至於飯食不進大家着急起來

恰又忙着脫孝家中無人又叫了賈芸來照應大夫賈璉家下無人請了王仁來在外幫着料理那巧姐兒是日夜哭母也是病了所以榮府中又鬧的馬仰人番一日又當脫孝來家王夫人親身又看寶玉見寶玉人事不醒急的衆人手足無措一面哭着一面告訴賈政說大夫說了不肯下藥只好預備後事賈政嘆氣連連只得親自看視見其光景果然不好便又叫賈璉辦去賈璉不敢違拗只得叫人料理手頭又短正在爲難只見一個人跑進來說二爺不好了又有饑荒來了賈璉不知何事這一唬非同小可瞪着眼說道什麼事那小厮道門上來了一個和尚手裡拿著二爺的這塊丟的玉說要一萬賞銀賈璉照

臉啐道我打量什麽事這樣慌張前番那假的你不知道麽就是眞的現在人要死了要這玉做什麽小厮道奴才也說了那和尚說給他銀子就好了正說着外頭嚷進來說這和尚撒野各自跑進來了衆人攔他攔不住賈璉道那裡有這樣怪事你們還不快打出去呢又鬧着賈政聽見了也沒了主意了裡頭又哭出來說寶二爺不好了賈政益發着急只見那和尚說道要命拿銀子來賈政忽然想起頭裡寶玉的病是和尚治好的這會子和尚來或者有救星但是這玉倘或是眞他要起銀子來怎麽樣呢想一想如今且不管他果眞人好了再說賈政叫人去請那和尚已進來了也不施禮也不答話便往裡就跑賈

璉拉着道裡頭都是內眷你這野東西混跑什麽那和尚道遲了就不能救了賈璉急得一面走一面亂嚷道裡頭的人不要哭了和尚進來了王夫人等只顧着哭那裡理會賈璉走進來又嚷王夫人等回過頭來見一個長大的和尚唬了一跳躲避不及那和尚直走到寶玉炕前寶釵避過一邊襲人見王夫人站着不敢走開只見那和尚道施主們我是送玉來的說着把那塊玉擎着道快把銀子拿出來我好救他王夫人等驚惶無措也不擇真假便說道若是救活了人銀子是有的那和尚笑道拿來王夫人道你放心橫豎折變的出來和尚哈哈大笑手拿着玉在寶玉耳邊叫道寶玉寶玉你的寶玉回來了說了這

一句王夫人等見寶玉把眼一睜襲人說道好了只見寶玉便問道在那裡呢那和尚把玉遞給他手裡寶玉先前緊緊的攥着後來慢慢的回過手來放在自已眼前細細的一看說噯呀久違了裡外衆人都喜歡的念佛連寶釵也顧不得有和尚了賈璉也走過來一看果見寶玉回過來了心裡一喜疾忙躲出去了那和尚也不言語赶來拉着賈璉就跑賈璉只得跟着到了前頭赶着告訴賈政賈政聽了喜歡即找和尚施禮叩謝和尚還了禮坐下賈璉心下狐疑必是要了銀子纔走賈政細看那和尚又非前次見的便問寶刹何方法師大號這玉是那裡得的怎麼小兒一見便會活過來呢那和尚微微笑道我也不

知道只要拿一萬銀子來就完了賈政見這和尚粗魯也不敢得罪便說有和尚道有便快拿來罷我要走了賈政道畧請少坐待我進內瞧瞧和尚道你去快出來纔好賈政果然進去也不及告訴便走到寶玉炕前寶玉見是父親來欲要爬起因身子虛弱起不來王夫人按著說道不要動寶玉笑着拿這玉給賈政瞧道寶玉來了賈政畧略一看知道此玉有些根源也不細看便和王夫人道寶玉好過來了這賞銀怎麽樣王夫人道儘着我所有的折變了給他就是了寶玉道只怕這和尚不是要銀子的罷賈政點頭道我也看來古怪但是他口口聲聲的要銀子王夫人道老爺出去先款留着他再說賈政出來寶玉

便嚷餓了喝了一碗粥還説要飯婆子們果然取了飯來王大人還不敢給他吃寶玉說不妨的我已經好了便爬着吃了一碗漸漸的神氣果然好過來了便要坐起來麝月上去輕輕的扶起因心裡喜歡忘了情說道眞是寶貝纔看見了一會兒就好了虧的當初沒有砸破寶玉聽了這話神色一變把玉一撂身子往後一仰未知死活下囘分解

紅樓夢第一百十五回終

紅樓夢第一百十六回

得通靈幻境悟仙緣　送慈柩故鄉全孝道

話說寶玉一聽麝月的話身往後仰復又死去急得王夫人等哭叫不止麝月自知失言致禍此時王夫人等也不及說他那麝月一面哭着一面打算主意心想若是寶玉一死我便自盡跟了他去不言麝月心裡的事且說王夫人等見叫不醒趕着叫人出來找和尚救治豈知賈政進內出去時那和尚已不見了賈政正在詫異聽見裡頭又鬧急忙進來見寶玉又是先前的樣子牙關緊閉脉息全無用手在心窩中一摸尚是溫熱賈政只得急忙請醫灌藥救治那知那寶玉的魂魄早已出了

竅了你道死了不成却原來恍恍惚惚赶到前廳見那送玉的和尚坐着便施了禮那和尚忙站起身來拉着寶玉就走寶玉跟了和尚覺得身輕如葉飄飄颻颻也沒出大門不知從那裡走出來了行了一程到了個荒野地方遠遠的望見一座牌樓好像曾到過的正要問那和尚只見恍恍惚惚又來了一個女人寶玉心裡想道這樣曠野地方那得有如此的麗人必是神仙下界了寶玉想着走近前來細細一看竟有些認得的只是一時想不起來見那女人合和尚打了一個照面就不見了寶玉一想竟是尤三姐的樣子越發納悶怎麼他也在這裡又要問時那和尚早拉着寶玉過了牌樓只見牌上寫著真如福地

四個大字兩邊一幅對聯乃是

　假去真來真勝假　無原有是有非無

轉過牌坊便是一座宮門門上也橫書着四個大字道福善禍淫又有一副對聯大書云

　過去未來莫謂智賢能打破

　前因後果須知親近不相逢

寶玉看了心下想道原來如此我倒要問問因果來去的事了這麼一想只見鴛鴦站在那裡招手兒叫他寶玉想道我走了半日原不曾出園子怎麼改了樣兒了呢赶着要合鴛鴦說話豈知一轉眼便不見了心裡不免疑惑起來走到鴛鴦站的地

方見乃是一溜配殿各處都有匾額寶玉無心去看只向鴛鴦立的所在奔去見那一間配殿的門半掩半開寶玉也不敢造次進去心裡正要問那和尚一聲回過頭來和尚早已不見了寶玉恍惚見那殿宇巍峩絕非大觀園景象便立住脚抬頭看那匾額上寫道引覺情痴兩邊寫的對聯道

喜笑悲哀都是假　貪求思慕總因痴

寶玉看了便點頭嘆息想要進去找鴛鴦問他是什麼所在細細想來甚是熟識便仗着膽子推門進去滿屋一瞧並不見鴛鴦裡頭只是黑漆漆的心下害怕正要退出見有十數個大櫥櫥門半掩寶玉忽然想起我少時做夢曾到過這樣個地方如

今能彀親身到此也是大幸恍惚間把我鴛鴦的念頭忘了便仗着膽子把上首大櫥開了櫥門一瞧見有好幾本冊子心裡更覺喜歡想道大凡人做夢說是假的豈知有這夢便有這事我常說還要做這個夢再不能的不料今兒被我找着了但不知那冊子是那個見過的不是伸手在上頭取了一本冊上寫着金陵十二釵正冊寶玉拿着一想道我恍惚記得是那個只恨記得不清楚便打開頭一頁看去見上頭有畫但是畫跡模糊再瞧不出來後面有幾行字跡也不清楚尚可摹擬便細細的看去見有什麼玉帶上頭有個好像林字心裡想道莫不是說林妹妹麼便認真看去底下又有金簪雪裡四字詫異道怎

麽又像他的名字呢復將前後四句合起來一念道也没有什麽道理只是暗藏着他兩個名字並不爲奇獨有那憐字嘆字不好這是怎麽解想到那裡又哼道我是偷着看若只管呆想起來倘有人來又看不成了遂往後看也無暇細玩那畫圖只從頭看去看到尾上有幾句詞什麽虎兎相逢大夢歸一句便恍然大悟道是了果然機關不爽這必是元春姐姐了若都是這樣明白我要抄了去細玩起來那些姊妹們的壽夭窮通没有不知的了我回去自不肯洩漏只做一個未卜先知的人也省了多少閒想又向各處一瞧並没有筆硯又恐人來只得忙着看去只見圖上影影有一個放風箏的人兒也無心去看急

急的將那十二首詩詞都看遍了也有一看便知的也有一想便得的也有不大明白的心下牢牢記著一面嘆息一面又取那金陵又副册一看看到堪羡優伶有福誰知公子無緣先前不懂見上面尚有花席的影子便大驚痛哭起來待要往後再看聽見有人說道你又發呆了妹林妹妹請你呢好似鴛鴦的聲氣回頭卻不見人心中正自驚疑忽鴛鴦在門外招手寶玉一見喜得趕出來但見鴛鴦在前影影綽綽的走只是趕不上寶玉叫道好姐姐等等我那鴛鴦並不理只顧前走寶玉無奈儘力趕去忽見別有一洞天樓閣高聳殿角玲瓏且有好些宮女隱約其間寶玉貪看景致竟將鴛鴦忘了寶玉順步走入一座

宫門内有奇花異卉都也認不明白惟有白石花闌圍着一顆青草葉頭上畧有紅色但不知是何名草這樣矜貴只見微風動處那青草已擺搖不休雖說是一枝小草又無花朶其嫵媚之態不禁心動神怡魂消魄喪寶玉只管呆呆的看着只聽見旁邊有一人說道你是那裡來的蠢物在此窺探仙草寶玉聽了吃了一驚回頭看時却是一位仙女便施禮道我找鴛鴦姐姐誤入仙境恕我冒昧之罪請問神仙姐姐這裡是何地方怎麼我鴛鴦姐姐到此還說是林妹妹叫我望乞明示那人道誰知你的姐姐妹妹我是看管仙草的不許凡人在此逗留寶玉欲待要出來又捨不得只得央告道神仙姐姐既是那管理仙

草的必然是花神姐姐了但不知這草有何好處那仙女道你要知道這草說起來話長着呢那草本在靈河岸上名曰絳珠草因那時萎敗幸得一個神瑛侍者日以甘露灌溉得以長生後來降凡歷刼還報了灌溉之恩今返歸眞境所以警幻仙子命我看管不令蜂纏蝶戀寳玉聽了不解一心疑定必是遇見了花神了今日斷不可當面錯過便問管這草的是神仙姐姐了還有無數名花必有專管的我也不敢煩問只有看管芙蓉花的是那位神仙那仙女道我却不知除是我主人方曉寳玉便問道姐姐的主人是誰那仙女道我主人是瀟湘妃子寳玉聽道是了你不知道這位妃子就是我的表妹林黛玉那仙女

道胡說此地乃上界神女之所雖號爲瀟湘妃子並不是娥皇女英之輩何得與凡人有親你少來混說瞧着叫力士打你出去寶玉聽了發怔只覺自形穢濁正要退出又聽見有人赶來說道裡面叫請神瑛侍者那人道我奉命等了好些時總不見有神瑛侍者過來你叫我那裡請去那一個笑道纔退去的不是麼那侍女慌忙赶出來說請神瑛侍者回來寶玉只道是問別人又怕被人追赶只得踉蹌而逃正走時只見一人手提寶劍迎面攔住說那裡走唬得寶玉驚惶無措仗着膽抬頭一看却不是別人就是尤三姐寶玉見了畧定些神央告道姐姐怎麼你也來逼起我來了那人道你們弟兄沒有一個好人敗人

名節破人婚姻今兒你到這裡是不饒你的了寶玉聽去話頭不好正自着急只聽後面有人叫道姐姐快快攔住不要放他走了尤三姐道我奉妃子之命等候已久今兒見了必定要一劍斬斷你的塵緣寶玉聽了益發着忙又不懂這些話到底是什麼意思只得回頭要跑豈知身後說話的並非別人却是晴雯寶玉一見悲喜交集便說我一個人走迷了道兒遇見仇人我要逃回却不見你們一人跟着我如今好了晴雯姐姐快快的帶我回家去罷晴雯道侍者不必多疑我非晴雯我是奉妃子之命特來請你一會並不難爲你寶玉滿腹狐疑只得問道姐姐說是妃子叫我那妃子究是何人晴雯道此時不必問到

了那裡自然知道寶玉沒法只得跟着走細看那人背後舉動恰是晴雯那面目聲音是不錯的了怎麽他說不是我此時心裡模糊且別管他到了那邊見了妃子就有不是那時再求他到底女人的心腸是慈悲的必定恕我冐失正想着不多時到了一個所在只見殿宇精致彩色輝煌庭中一叢翠竹戶外數本蒼松廊簷下立着幾個侍女都是宮粧打扮見了寶玉進來便悄悄的說道這就是神瑛侍者麽引着寶玉的說道就是你快進去通報罷有一侍女笑着招手寶玉便跟着進去過了幾層房舍見一正房珠簾高掛那侍女說站着候旨寶玉聽了也不敢則聲只得在外等着那侍女進去不多時出來說請侍者

叅見又有一人捲起珠簾只見一女子頭戴花冠身穿綉服端坐在內寶玉略一擡頭見是黛玉的形容便不禁的說道妹妹在這裡叫我好想那簾外的侍女悄吒道這侍者無禮快快出去說猶未了又見一個侍兒將珠簾放下寶玉此時欲待進去又不敢要走又不捨待要問明見那些侍女並不認得又被驅逐無奈出來心想要問晴雯回頭四顧並不見有晴雯心下狐疑只得怏怏出來又無人引着正欲找原路而去却又找不出舊路了正在為難見鳳姐站在一所房簷下招手見寶玉看見喜歡道可好了原來回到自巳家裡了怎麼一時迷亂如此急奔前來說姐姐在這裡麼我被這些人捉弄到這個分兒林妹

妹又不肯見我不知是何原故說着走到鳳姐站的地方細看起來並不是鳳姐原來却是賈蓉的前妻秦氏寶玉只得立住脚要問鳳姐姐在那裡那秦氏也不答言竟自往屋裡去了寶玉恍恍惚惚的又不敢跟進去只得呆呆的站着嘆道我今兒得了什麼不是衆人都不理我痛哭起來見有幾個黃巾力士執鞭赶來說是何處男人敢闖入我們這天仙福地來快走出去寶玉聽得不敢言語正要尋路出來遠遠望見一羣女子說笑前來寶玉看時又像是迎春等一干人走來心裡喜歡叫道我迷住在這裡你們快來救我正嚷着後面力士赶來寶玉急得往前亂跑忽見那一羣女子都變作鬼怪形像也來追撲寶

玉正在情急只見那送玉來的和尚手裡拿着一面鏡子一照說道我奉元妃娘娘旨意特來救你登時鬼怪全無仍是一片荒郊寶玉拉着和尚說道我記得是你領我到這裡你一時又不見了看見了好些親人只是都不理我忽又變作鬼怪到底是夢是真望老師明白指示那和尚道你到這裡曾偷看什麼東西沒有寶玉一想道他既能帶我到天仙福地自然也是神仙了如何瞞得他況且正要問個明白便道我倒見了好些冊子來著那和尚道可又來你見了冊子還不解麼世上的情緣都是那些魔障只要把歷過的事情細細記着將來我與你說明說著把寶玉狠命的一推說回去罷寶玉站不住腳一跤跌

倒口裡嚷道阿喲眾人正在哭泣聽見寶玉甦來連忙叫喚寶玉睜眼看時仍躺在炕上見王夫人寶釵等哭的眼泡紅腫定神一想心裡說道是了我是死去過來的遂把神魂所歷的事呆呆的細想幸喜還記得便哈哈的笑道是了是了王夫人只道舊病復發便好延醫調治卽命丫頭婆子快去告訴賈政說是寶玉回過來了頭裡原是心迷住了如今說出話来不用備辦後事了賈政聽了卽忙進來看視果見寶玉甦來便道沒福的痴兒你要唬死誰麽說着眼淚也不知不覺流下來了又嘆了幾口氣仍出去叫人請醫生胗脉服藥這裡麝月正思自盡見寶玉一過來也放了心只見王夫人叫人端了桂圓湯叫他

喝了幾日漸漸的定了神王夫人等放心也沒有說麝月只叫人仍把那玉交給寶釵給他帶上想起那和尚來這玉不知那裡找來的也是古怪怎麽一時要銀一時又不見了莫非是神仙不成寶釵道說起那和尚來的踪跡去的影響那玉並不是找來的頭裡丟的時候必是那和尚取去的王夫人道玉在家裡怎麽能取的了去寶釵道既可送來就可取去襲人麝月道那年丟了玉林大爺測了個字後來二奶奶過了門我還告訴過二奶奶說測的那字是什麽賞字二奶奶還記得麽寶釵想道是了你們說測的是當舖裡找去如今纔明白了竟是個和尚的尚字在上頭可不是和尚取了去的麽王夫人道那和尚

本来古怪那年寶玉病的時候那和尚來說是我們家有寶貝可解說的就是這塊玉了他既知道自然這塊玉到底有些來歴况且你女婿養下來就嘴裡含着的古往今来你們聽見過這麼第二個麼只是不知終久這塊玉到底怎麼着就連偺們這一個也還不知是怎麼着呢病也是這塊玉好也是這塊玉生也是這塊玉說到這裡忽然住了不免又流下淚來寶玉聽了心裡却也明白更想死去的事愈加有因只不言語心裡細細的記憶那時惜春便說道那年失玉還請妙玉請過仙說是青埂峯下倚古松還有什麼入我門來一笑逢的話想起來入我門三字大有講究佛教法門最大只怕二哥哥不能入得去

寶玉聽了又冷笑幾聲寶釵聽着不覺的把眉頭兒肐揪着發起怔來尤氏道偏你一說又是佛門了你出家的念頭還沒有歇麽惜春笑道不瞞嫂子說我早已斷了葷了王夫人道好孩子阿彌陀佛這個念頭是起不得的惜春聽了也不言語寶玉想青燈古佛前的詩句不禁連嘆幾聲忽又想起一床蓆一枝花的詩句來拿眼睛看著襲人不覺又流下淚來衆人都見他忽笑忽悲也不解是何意只道是他的舊病豈知寶玉觸處機來竟能把偷看册上的詩句牢牢記住了只是不說出來心中早有一家成見在那裡了暫且不題且說衆人見寶玉死去復生神氣清爽又加連日服藥一天好似一天漸漸的復原起來

便是賈政見寶玉已好現在丁憂無事想起賈赦不知幾時遇赦老太太的靈柩久停寺內終不放心欲要扶柩回南安葬便叫了賈璉來商議賈璉便道老爺想的極是如今趁著丁憂幹了這件大事更好將來老爺起了服只怕又不能遂意了但是我父親不在家姪兒又不敢僭越老爺的主意狠好只是這件事也得好幾千銀子衙門裡緝賍那是再緝不出來的賈政道我的主意是定了只爲大老爺不在家叫你來商議商議怎麼個辦法你是不能出門的現在這裡沒有人我想好幾口材都要帶回去我一個人怎麼能彀照應想着把蓉哥兒帶了去況且有他媳婦的棺材也在裡頭還有你林妹妹的那是老太太

的遺言說跟著老太太一塊兒囬去的我想這一項銀子只好在那裡挪借幾千也就彀了賈璉道如今的人情過於淡薄老爺呢又丁憂我們老爺呢又在外頭一時借是借不出來的了只好拿房地文書出去押去賈政道住的房子是官蓋的那裡動得賈璉道住房是不能動的外頭還有幾所可以出脫的等老爺起復後再贖也使得將來我父親囬來了倘能也再起用也好贖的只是老爺這麽大年紀辛苦這一場姪兒們心裡却不安賈政道老太太的事是應該的只要你在家謹慎些把持定了纔好賈璉道老爺這倒只管放心姪兒雖糊塗斷不敢不認真辦理的況且老爺囬南少不得多帶些人去所留下的人

也有限了這點子費用還可以過的來就是老爺路上短少些必經過賴尚榮的地方可以叫他出點力兒賈政道自已老人家的事叫人家帮什麽呢賈璉答應了偺是便退出來打筭銀錢賈政便告訴了王夫人叫他管了家自已擇了發引長行的日子就要起身寶玉此時身體復元賈環賈蘭倒認真念書賈政都交付給賈璉叫他管教今年是大比的年頭環兒是有服的不能入塲蘭兒是孫子服滿了也可以考的務必叫寶玉同着姪兒考去能彀中一個舉人也好贖一贖偺們的罪名賈璉等唯唯應命賈政又吩咐了在家的人說了好些話纔別了宗祠便在城外念了幾天經就發引下船帶了林之孝等而去也

沒有驚動親友惟有自家男女送了一程回來寶玉因賈政命他赴考王夫人便不時催逼查考起他的工課來那寶釵襲人時常勸勉自不必說那知寶玉病後雖精神日長他的念頭一發更奇僻了竟換了一種不但厭棄功名仕進竟把那兒女情緣也看淡了好些只是衆人不大理會寶玉也並不說出來一日恰遇紫鵑送了林黛玉的靈柩回來悶坐自己屋裡啼哭想着寶玉無情見他林妹妹的靈柩回去並不傷心落淚見我這樣痛哭也不來勸慰反瞅着我笑這樣負心的人從前都是花言巧語來哄着我們前夜虧我想得開不然幾乎又上了他的當只是一件叫人不解如今我看他待襲人也是冷冷兒的二

奶奶是本來不喜歡親熱的麝月那些人就不抱怨他麼看來女孩兒們多半是痴心的白操了那些時的心不知將來怎樣結局正想着只見五兒走來瞧他見紫鵑滿面淚痕便說姐姐又哭林姑娘了我想一個人聞名不如眼見頭裏聽着二爺女孩子跟前是最好的我母親再三的把我弄進來豈知我進來了盡心竭力的伏侍了幾次病如今病好了連一句好話也沒有剩出來這會子索性連正眼兒也不瞧了紫鵑聽他說的好笑便噗哧的一笑啐道呸你這小蹄子你心裏要寶玉怎麼樣待你纔好女孩兒家也不害臊人家明公正氣的屋裏人他瞧着還沒事人一大堆呢有功夫理你去因又笑着拿個指頭往

臉上抹着問道你到底筭寶玉的什麼人哪那五兒聽了自知失言便飛紅了臉待要解說不是要寶玉怎樣看待說他近来不憐下的話只聽院門外亂嚷說外頭和尚又來了要那一萬銀子呢太太着急叫璉二爺和他講去偏偏璉二爺又不在家那和尚在外頭說些瘋話太太叫請二奶奶過去商量不知怎樣打發那和尚下回分解

紅樓夢第一百十六回終

紅樓夢第一百十七回

阻超凡佳人雙護玉　欣聚黨惡子獨承家

話說王夫人打發人來叫寶釵過去商量寶玉聽見說是和尚在外頭趕忙的獨自一人走到前頭嘴裏亂嚷道我的師父在那裏叫了半天並不見有和尚只得走到外面見李貴將和尚攔住不放他進來寶玉便說道太太叫我請師父進去李貴聽了鬆了手那和尚便搖搖擺擺的進來寶玉看見那僧的形狀與他死去時所見的一般心裏早有些明白了便上前施禮連叫師父弟子迎候來遲那僧說我不要你們接待只要銀子拿了來我就走寶玉聽來又不像有道行的話看他滿頭癩瘡渾

身腌臢破爛心裡想道自古說眞人不露相露相不眞人也不可當面錯過我且應了他謝銀並探探他的口氣便說道師父不必性急現在家母料理請師父坐下略等片刻弟子請問師父可是從太虛幻境而來那和尚道什麼幻境不過是來處來去處去罷了我是送還你的玉來的我且問你那玉是從那裡來的寶玉一時對答不來那僧笑道你自己的來路還不知便來問我寶玉本來穎悟又經點化早把紅塵看破只是自己的底裡未知一聞那僧問起玉來好像當頭一棒便說道你也不用銀子的我把那玉還你罷那僧笑道也該還我了寶玉也不答言往裡就跑走到自己院內見寶釵襲人等都到王夫人那

裡去了忙向自巳床邊取了那玉便走出來迎面碰見了襲人撞了一個滿懷把襲人唬了一跳說道太太說你陪着和尚坐著狠好太太在那裡打算送他些銀兩你又回來做什麼寶玉道你快去回太太說不用張羅銀子了我把這玉還了他就是了襲人聽說即忙拉住寶玉道這斷使不得的那玉就是你的命若是他拿了去你又要病着了寶玉道如今再不病的了我巳經有了心了要那玉何用摔脫襲人便想要走襲人急的赶着嚷道你回來我告訴你一句話寶玉回過頭來道沒有什麼說的了襲人顧不得什麼一面赶着跑一面嚷道上回丟了玉几乎沒有把我的命要了剛剛兒的有了他拿了去你也活不

成我也活不成了你要還他除非是叫我死了說着赶上一把拉住寶玉急了道你死也要還你不死也要還狠命的把襲人一推抽身要走怎奈襲人兩隻手繞着寶玉的帶子不放哭着喊着坐在地下裡面的丫頭聽見連忙赶來瞧見他兩個人的神情不好只聽見襲人哭道快告訴太太去寶二爺要把那玉去還和尚呢丫頭赶忙飛報王夫人那寶玉更加生氣用手來掰開了襲人的手幸虧襲人忍痛不放紫鵑在屋裡聽見寶玉要把玉給人這一急比别人更甚把素日冷淡寶玉的主意都忘在九霄雲外了連忙跑出来幇着抱住寶玉那寶玉雖是個男人用力摔打怎奈兩個人死命的抱住不放也難脱身嘆口

氣道為一塊玉這樣死命的不放若是我一個人走了你們又怎麽樣襲人紫鵑聽了這話不禁嚎啕大哭起來正在難分難解王夫人寶釵急忙赶來見是這樣形景王夫人便哭着喝道寶玉你又瘋了寶玉見王夫人來了明知不能脫身只得陪笑道這當什麽又叫太太着急他們總是這樣大驚小怪我說那和尚不近人情他必要一萬銀子少一個不能我生氣進來拿了這玉還他就說是假的要這玉幹什麽他見我們不希罕那玉便隨意給他些就過去了王夫人道我打諒真要還他這也罷了為什麽不告訴明白了他們叫他們哭哭喊喊的像什麽寶釵道這麽說呢倒還使得要是真拿那玉給他那和尚有些

古怪倘或一給了他又鬧到家口不寧豈不是不成事了麼至於銀錢呢就把我的頭面折變了也還彀了呢王夫人聽了道也罷了且就這麼辦罷寶玉也不回答只見寶釵走上來在寶玉手裡拿了這玉說道你也不用出去我合太太給他錢就是了寶玉道玉不還他也使得只是我還得當面見他一見纔好襲人等仍不肯放手到底寶釵明决說放了手由他去就是了襲人只得放手寶玉笑道你們這些人原來重玉不重人哪你們既放了我我便跟着他走了看你們就守著那塊玉怎麼樣襲人心裡又着急起來仍要拉他只碍着王夫人和寶釵的面前又不好太露輕薄恰好寶玉一撒手就走了襲人忙叫小丫

頭在三門口傳了焙茗等告訴外頭照應着二爺他有些瘋了小丫頭答應了出去王夫人寶釵等進來坐下問起襲人來由襲人便將寶玉的話細細說了王夫人寶釵甚是不放心又叫人出去吩咐衆人伺候聽着和尚說些什麽回來小丫頭傳話進來回王夫人道二爺真有些瘋了外頭小厮們說裡頭不給他玉他也沒法見如今身子出來了求那和尚帶了他去王夫人聽了說道這還了得那和尚說什麽來著小丫頭回道和尚說要玉不要人寶釵道不要銀子了麽小丫頭道沒聽見說後來和尚合二爺兩個人說着笑着有好些話外頭小厮們都不大懂王夫人道糊塗東西聽不出來學是自然學得來的便叫

小丫頭你把那小厮叫進來小丫頭連忙出去叫進那小厮站在廊下隔着窗戸請了安王夫人便問道和尚和二爺的話你們不懂難道學也學不來嗎那小厮回道我們只聽見說什麽大荒山什麽青埂峯又說什麽太虛境斬斷塵緣這些話王夫人聽着也不懂寳釵聽了唬得兩眼直瞪半句話都没有了正要叫人出去拉寳玉進來只見寳玉笑嘻嘻的進來說好了好了寳釵仍是發怔王夫人道你瘋瘋顛顛的說的是什麽寳玉道正經話又說我瘋顛那和尚與我原認得的他不過也是要來見我一見他何嘗是真要銀子呢也只當化個善緣就是了所以說明了他自巳就飄然而去了這可不是好了麽王夫人

不信又隔着窗戶問那小廝那小廝連忙出去問了門上的人進來回說果然和尚走了說請太太們放心我原不要銀子只要寶二爺時常到他那裡去去就是了諸事只要隨緣自有一定的道理王夫人道原來是個好和尚你們曾問他住在那裡小廝道門上的說他說來着我們二爺知道的王夫人便問寶玉他到底住在那裡寶玉笑道這個地方兒說遠就遠說近就近寶釵不待說完便道你醒醒兒罷別儘着迷在裡頭現在老爺太太就疼你一個人老爺還吩咐叫你幹功名上進呢寶玉道我說的不是功名麼你們不知道一子出家七祖昇天王夫人聽到那裡不覺傷起心來說我們的家運怎麼好一個四丫

頭口口聲聲要出家如今又添出一個來了我這樣的日子過他做什麼說着放聲大哭寶釵見王夫人傷心只得上前苦勸寶玉笑道我說了一句頑話兒太太又認起真来了王夫人止住哭聲道這些話也是混說的麼正鬧着只見丫頭來回話璉二爺回來了顏色大變說請太太回去說話王夫人又吃了一驚說道將就些叫他進来罷小嬸子也是舊親不用迴避了賈璉進來見了王夫人請了安寶釵迎着也問了賈璉的安賈璉回道剛纔接了我父親的書信說是病重的很叫我就去遲了恐怕不能見面說到那裡眼淚便掉下來了王夫人道書上寫的是什麼病賈璉道寫的是感冒風寒起的如今竟成了癆病

了現在危急耑差一個人連日連夜赶來的說如若再躭擱一兩天就不能見面了故來回太太侄兒必得就去纔好只是家裡沒人照管薔兒芸兒雖說糊塗到底是個男人外頭有了事來還可傳個話侄兒家裡倒沒有什麼事秋桐是天天哭着喊着不願意在這裡侄兒叫了他娘家的人來領了去了倒省了平兒好些氣雖是巧姐沒人照應還虧平兒的心不很壞姐兒心裡也明白只是性氣比他娘還剛硬些求太太時常管教管教他說着眼圈兒一紅連忙把腰裡拴檳榔荷包的小絹子拉下來擦眼王夫人道放著他親祖母在那裡托我做什麼賈璉輕輕的說道太太要說這個話侄兒就該活活兒的打死了沒

什麼說的總求太太始終疼侄兒就是了說着就跪下來了王夫人也眼圈兒紅了說你快起來娘兒們說話兒這是怎麼說只是一件孩子也大了倘或你父親有個一差二錯又就擱住了或者有個門當戶對的來說親還是等你回來還是你太太作主賈璉道現在太太們在家自然是太太們做主不必等我王夫人道你要去就寫了禀帖給二老爺送個信說家下無人你父親不知怎樣快請二老爺將老太太的大事早早的完結快快回來賈璉答應了是正要走出去復轉回來回說道偺們家的家下人家裡還彀使喚只是園裡沒有人太空了包勇又跟了他們老爺去了姨太太住得房子薛二爺已搬到自己的

房子內住了園裡一帶屋子都空著忒沒照應還得太太叫人常查看查看那櫳翠菴原是偺們家的地基如今妙玉不知那裡去了所有的根基他的當家女尼不敢自已作主要求府裡一個人管理管理王夫人道自已的事還鬧不淸還擱得住外頭的事麼這句話好歹別叫四丫頭知道若是他知道了又要吵着出家的念頭出來了你想偺們家什麼樣的人家好好的姑娘出了家還了得賈璉道太太不提起侄兒也不敢說四妹妹到底是東府裡的又沒有父母他親哥哥又在外頭他親嫂子又不大說的上話侄兒聽見要尋死覔活了好幾次他既是心裡這麽着的了若是牛着他將來倘或認真尋了死比出家

更不好了王夫人聽了點頭道這件事真真叫我也難擔我也做不得主由他大嫂子去就是了賈璉又說了幾句纔出來叫了衆家人來交代清楚寫了書收拾了行裝平兒等不免叮嚀了好些話只有巧姐兒慘傷的了不得賈璉又欲托王仁照應巧姐到底不願意聽見外頭托了芸薔二人心裡更不受用嘴裡卻說不出來只得送了他父親謹謹愼愼的隨著平兒過日子豐兒小紅因鳳姐去世告假的告假告病的告病平兒意欲接了家中一個姑娘來一則給巧姐作伴二則可以帶量他遍想無人祇有喜鸞四姐兒是賈母舊日鍾愛的偏偏四姐兒新近出了嫁了喜鸞也有了人家兒不日就要出閣也只得罷了

且說賈芸賈薔送了賈璉便進來見了邢王二夫人他兩個倒替著在外書房住下日間便與家人厮鬧有時找了幾個朋友吃個車箍轆會甚至聚賭裡頭那裡知道一日邢大舅王仁來瞧見了賈芸賈薔住在這裡知他熱鬧也就借着照看的名兒時常在外書房設局賭錢喝酒所有幾個正經的家人賈政帶了幾個去賈璉又跟去了幾個只有那賴林諸家的兒子姪兒那些少年托著老子娘的福吃喝慣了的那知當家立計的道理況且他們長輩都不在家便是沒籠頭的馬了又有兩個旁主人慫恿無不樂爲這一鬧把個榮國府鬧得沒上沒下沒裡沒外那賈薔還想勾引寶玉賈芸攔住道寶二爺那個人沒運

氣的不用惹他那一年我給他說了一門子絕好的親父親在外頭做稅官家裡開幾個當舖姑娘長的比仙女兒還好看我巴巴兒的細細的寫了一封書子給他誰知他沒造化說到這裡瞧了瞧左右無人又說他心裡早和咱們這個二嬸娘好上了你沒聽見說還有一個林姑娘呢弄的害了相思病死的誰不知道這也罷了各自的姻緣罷咧誰知他爲這件事倒惱了我了總不大理他打諒誰必是借誰的光兒呢賈薔聽了點點頭纔把這個心歇了他兩個還不知道寶玉自會那和尚已後他是欲斷塵緣一則在王夫人跟前不敢任性已與寶釵襲人等皆不大欵洽了那些丫頭不知道還要逗他寶玉那裡看得

到眼裡他也並不將家事放在心裡時常王夫人寶釵勸他念書他便假作攻書一心想著那個和尚引他到那仙境的机關心目中觸處皆爲俗人却在家難受閑來倒與惜春閒講他們兩個人講得上了那種心更加准了幾分那裡還管賈環賈蘭等那賈環爲他父親不在家趙姨娘已死王夫人不大理會他便入了賈薔一路倒是彩雲時常規勸反被賈環辱罵玉釧兒見寶玉瘋顛更甚早和他娘說了要求著出去如今寶玉賈環他哥兒兩個名有一種脾氣鬧得人人不理獨有賈蘭跟著他母親上緊攻書作了文字送到學裡請教代儒因近來代儒老病在床只得自己刻苦李紈是素來沉靜的除請王夫人的安

會會寶釵餘者一步不走只有看着賈蘭攻書所以榮府住的人雖不少竟是各自過各自的誰也不肯做誰的主賈環賈薔等愈鬧的不像事了甚至偷典偷賣不一而足賈環更加宿娼濫賭無所不爲一日邢大舅王仁都在賈家外書房喝酒一時高興叫了幾個陪酒的來唱着喝着勸酒賈薔便說你們鬧的太俗我要行個令兒衆人道使得賈薔道咱們月字流觴罷我先說起月字數到那個便是那個喝酒還要酒面酒底須得依着令官不依者罰三大盃衆人都依了賈薔喝了一盃令酒便說飛羽觴而醉月順飲數到賈環賈薔說酒面要個桂字賈環便說道冷露無聲濕桂花酒底呢賈薔道說個香字賈環道天

香雲外飄那大舅說道沒趣沒趣你又懂得什麼字了也假斯文起來這不是取樂竟是慪人了咱們都蠲了倒是搳拳輸家喝輸家唱叫作苦中苦若是不會唱的說個笑話兒也使得只要有趣眾人都道使得於是亂搳起來王仁輸了喝了一盃唱了一個眾人道好又搳起來了是個陪酒的輸了唱了一個什麼小姐小姐多丰彩以後那大舅輸了眾人要他唱曲兒他道我唱不上來我說個笑話兒罷賈薔道若說不笑人仍要罰的那大舅就喝了一盃說道諸位聽着村庄上有一座元帝廟旁邊有個土地祠那元帝老爺常叫土地來說閒話兒一日元帝廟裡被了盜便叫土地去查訪土地禀道這地方沒有賊的必

是神將不小心被外賊偷了東西去元帝道胡說你是土地失了盜不問你問誰去呢你倒不去拿賊反說我的神將不小心嗎土地禀道雖說是不小心倒底是廟裡的風水不好元帝道你倒會看風水麽土地道待小神看看那土地向各處瞧了一會便來回禀道老爺坐的身子背後兩扇紅門就不謹慎小神坐的背後是砌的墻自然東西丟不了以後老爺的背後也改了墻就好了元帝老爺聽來有理便叫神將派人打墻衆神將嘆口氣道如今香火一炷也沒有那裡有磚灰人工來打墻呢元帝老爺沒法叫神將作法却都沒有主意那元帝老爺脚下的龜將軍站起來道你們不中用我有主意你們將紅門拆下

來到了夜裡拿我的肚子堵住這門口難道當不得一堵墻麽衆神將都說道好又不花錢又便當結寔于是龜將軍便當這個差使竟安靜了豈知過了幾天那廟裡又丢了東西衆神將叫了土地來說道你說砌了墻就不丢東西怎麽如今有了墻還要丢那土地道這墻砌的不結寔衆神將道你瞧去土地一看果然是一堵好墻怎麽還有失事把手摸了一摸道我打諒是真墻那裡知道是個假墻衆人聽了大笑起來賈薔也忍不住的笑說道傻大舅你好我没有駡你你爲什麽駡我快拿盃來罰一大盃邢大舅喝了已有醉意衆人又喝了幾盃都醉起來邢大舅說他姐姐不好王仁說他妹妹不好都說的狠狠毒

毒的賈環聽了趁著酒興也說鳳姐不好怎樣苛刻我們怎麽樣踏我們的頭衆人道大凡做個人原要厚道些看鳳姑娘仗着老太太這樣的利害如今焦了尾巴梢子了只剩了一個姐兒只怕也要現世現報呢賈芸想着鳳姐待他不好又想起巧姐兒見他就哭也信着嘴兒混說還是賈薔道喝酒罷說人家做什麽那兩個陪酒的道這位姑娘多大年紀了長得怎麽樣賈薔道模樣兒是好的狠的年紀也有十三四歲了那陪酒的說道可惜這樣人生在府裡這樣人家若生在小戶人家父母兄弟都做了官還發了財呢衆人道怎麽樣那陪酒的說現今有個外藩王爺最是有情的要選一個妃子若合了式父母兄

弟都跟了去可不是好事兒嗎衆人都不大理會只有王仁心裡略動了一動仍舊喝酒只見外頭走進賴林兩家的子弟來說爺們好樂呀衆人站起來說道老大老三怎麼這時候纔來叫我們好等那兩個人說道今早聽見一個謠言說是偺們家又鬧出事來了心裡着急趕到裡頭打聽去並不是偺們衆人道不是偺們就完了爲什麽不就來那兩個說道雖不是偺們也有些干係你們知道是誰就是賈雨村老爺我們今兒進去看見帶著鎖子說要解到三法司衙門裡審問去呢我們見他常在偺們家裡來往恐有什麽事便跟了去打聽賈芸道到底老大用心原該打聽打聽你且坐下喝一盃再說兩人讓了一

回便坐下喝著酒道這位雨村老爺人也能幹也會鑽營官也不小了只是貪財被人家參了個婪索屬員的幾款如今的萬歲爺是最聖明最仁慈的獨聽了一個貪字或因遭蹋了百姓或因恃勢欺良是極生氣的所以旨意便叫拿問若問出來了只怕擱不住若是沒有的事那參的人也不便如今真真是好時候只要有造化做個官兒就好衆人道你的哥哥就是有造化的現做知縣還不好麼賴家的說道我哥哥雖是做了知縣他的行為只怕也保不住怎麼樣呢衆人道手也長麼賴家的點點頭兒便舉起盃來喝酒衆人又道裡頭還聽見什麼新聞兩人道別的事沒有只聽見海疆的賊寇拿住了好些也解到

法司衙門裡審問還審出好些賊寇也有藏在城裡的打聽消息抽空兒就刼搶人家如今知道朝裡那些老爺們都是能文能武出力報效所到之處早就消滅了眾人道你聽見有在城裡的不知審出偺們家失盜的一案來沒有兩人道倒沒有聽見慌惚有人說是有個內地裡的人城裡犯了事搶了一個女人下海去了那女人不依被這賊寇殺了那賊寇正要逃出關去被官兵拿住了就在拿獲的地方正了法了眾人道偺們櫳翠菴的什麼妙玉不是叫人搶去不要就是他罷賈環道必是他眾人道你怎麼知道賈環道妙玉這個東西是最討人嫌的他一日家捏酸見了寶玉就眉開眼笑了我若見了他他從不

拿正眼瞧我一瞧真要是他我纔趁願呢衆人道搶的人也不少那裡就是他賈芸道有點信兒前日有個人說他菴裡的道婆做夢說看見是妙玉叫人殺了衆人笑道夢話算不得邢大舅道管他夢不夢偺們快吃飯罷今夜做個大輸贏衆人願意便吃畢了飯大賭起來賭到三更多天只聽見裡頭亂嚷說是四姑娘合珍大奶奶拌嘴把頭髮都鉸了趕到邢夫人王夫人那裡去磕了頭說是要求容他做尼姑呢送他一個地方兒若不容他他就死在眼前那邢王兩位太太沒主意叫請薔大爺芸二爺進去賈芸聽了便知是那回看家的時候起的念頭想來是勸不過來的了便合賈薔商議道太太叫我們進去我們

是做不得主的況且也不好做主只好勸去若勸不住只好由他們罷僧們商量了寫封書給璉二叔便卸了我們的干係了兩人商量定了主意進去見了邢王兩位太太便假意的勸了一回無奈惜春立意必要出家就不放他出去只求一兩間淨屋子給他誦經拜佛尤氏見他兩個不肯作主又怕惜春尋死自已便硬做主張說是這個不是索性我就了罷說我做嫂子的容不下小姑子逼的他出了家了就完了若說到外頭去呢斷斷使不得若在家裡呢太太們都在這裡算我的主意罷咧薔哥兒寫封書子給你珍大爺璉二叔就是了賈薔等答應了不知邢王二夫人依與不依下回分解

紅樓夢第一百十七回終

紅樓夢第一百十八回

記微嫌舅兄欺弱女　驚謎語妻妾諫痴人

話說邢王二夫人聽尤氏一段話明知也難挽回王夫人只得說道姑娘要行善這也是前生的夙根我們也實在攔不住只是咱們這樣人家的姑娘出了家不成個事體如今你嫂子說了准你修行也是好處却有一句話要說那頭髮可以不剃的只要自已的心真那在頭髮上頭呢你想妙玉也是帶髮修行的不知他怎樣凡心一動纔鬧到那個分兒姑娘執意如此我們就把姑娘住的房子便算了姑娘的静室所有服侍姑娘的人也得叫他們來問他若願意跟的就講不得說親配人若不

願意跟的另打主意惜春聽了收了淚拜謝了邢王二夫人李紈尤氏等王夫人說了便問彩屏等誰願跟姑娘修行彩屏等回道太太們派誰就是誰王夫人知道不願意正在想人襲人立在寶玉身後想來寶玉必要大哭防着他的舊病豈知寶玉嘆道真真難得襲人心裡更自傷悲寶釵雖不言語遇事試探見他執迷不醒只得暗中落淚王夫人纔要叫了衆丫頭來問忽見紫鵑走上前去在王夫人面前跪下回道剛纔太太問跟四姑娘的姐姐太太看着怎麼樣王夫人道這個如何強派得人的誰願意他自然就說出來了紫鵑道姑娘修行自然姑娘願意並不是別的姐姐們的意思我有何話回太太我也並不

是拆開姐姐們各人有各人的心我服侍林姑娘一塲林姑娘待我也是太太們知道的實在恩重如山無以可報他死了我恨不得跟了他去但只他不是這裡的人我又受主子家的恩典難以從死如今四姑娘既要修行我就求太太們將我派了跟着姑娘伏侍姑娘一輩子不知太太們准不准若准了就是我的造化了邢王二夫人尚未答言只見寶玉聽到那裡想起

佛心慈悲仍然下淚

黛玉一陣心酸眼淚早下來了衆人纔要問他時他又哈哈的大笑走上來道我不該說的這紫鵑蒙太太派給我屋裡我纔敢說求太太准了他罷全了他的好心王夫人道你頭裡姊妹出了嫁還哭得死去活來如今看見四妹妹要出家不但不勸

倒說好些你如今到底是怎麼個意思我索性不明白了寶玉道四妹妹修行是已經准了的四妹妹也是一定的主意了若是真呢我有一句話告訴太太若是不定呢我就不敢混說了惜春道二哥哥說話也好笑一個人主意不定便扭得過太太們來了我也是像紫鵑的話容我呢是我的造化不容我呢還有一個死呢那怕什麼二哥哥既有話只管說寶玉道我這也不筭什麼洩漏了這也是一定的我念一首詩給你們聽聽罷衆人道人家苦得很的時候你倒來做詩慪人寶玉道不是做詩我到過一個地方兒看了來的你們聽聽罷衆人道使得你就念念別順着嘴兒胡謅寶玉也不分辯便說道

勘破三春景不長　緇衣頓改昔年粧

可憐繡戶侯門女　獨臥青燈古佛傍

李紈寶釵聽了詫異道不好了這個人入了魔了王夫人聽了這話點頭嘆息便問寶玉你到底是那裡看來的寶玉不便說出來回道太太也不必問我自有見的地方王夫人回過味來細細一想便更哭起來道你說前兒是頑話怎麼忽然有這首詩罷了我知道了你們叫我怎麼樣呢我也沒有法兒了也只得由着你們去罷但只等我合上了眼各自幹各自的就完了寶釵一面勸着這個心比刀絞更甚也掌不住便放聲大哭起來襲人已經哭的死去活來幸虧秋紋扶着寶玉也不啼哭也

不相勸只不言語賈蘭賈環聽到那裡各自走開李紈竭力的解說總是寶兄弟見四妹妹修行他想來是痛極了不顧前後的瘋話這也作不得準獨有紫鵑的事情准不准好叫他起來王夫人道什麼依不依橫豎一個人的主意定了那也是扭不過來的可是寶玉說的也是一定的了紫鵑聽了磕頭惜春又謝了王夫人紫鵑又給寶玉寶釵磕了頭寶玉念聲阿彌陀佛難得難得不料你倒先好了寶釵雖然有把持也難掌住只有襲人也顧不得王夫人在上便痛哭不止說我也願意跟了四姑娘去修行寶玉笑道你也是好心但是你不能享這個清福的襲人哭道這麼說我是要死的了寶玉聽到那裡倒覺傷心

只是說不出來因時已五更寶玉請王夫人安歇李紈等各自散去彩屏等暫且伏侍惜春回去後來指配了人家紫鵑終身伏侍毫不改初此是後話且言賈政扶了賈母靈柩一路南行因遇着班師的兵將船隻過境河道擁擠不能速行在道實在心焦幸喜遇見了海疆的官員聞得鎮海統制欽召回京想來探春一定回家略略解些煩心只打聽不出起程的日期心裏又是煩燥想到盤費算來不敷不得已寫書一封差人到賴尚榮任上借銀五百叫人沿途迎來應付需用過了幾日賈政的船纔行得十數里那家人回來迎上船隻將賴尚榮的稟啟呈上書內告了多少苦處備上白銀五十兩賈政看了大怒即命

家人立刻送還將原書發回叫他不必費心那家人無奈只得回到賴尚榮任所賴尚榮接到原書銀兩心中煩悶知事辦得不周到又添了一百央來人帶回帮着說些好話豈知那人不肯帶回撂下就走賴尚榮心下不安立刻修書到家回明他父親叫他設法告假贖出身來于是賴家托了賈薔賈芸等在王夫人面前乞恩放出賈薔明知不能過了一日假說王夫人不依的話回覆了賴家一面告假一面差人到賴尚榮任上叫他告病辭官王夫人並不知道那賈芸聽見賈薔的假話心裏便沒想頭連日在外又輸了好些銀錢無所抵償便和賈環借貸賈環本是一個錢沒有的雖是趙姨娘有些積蓄早被他弄光

了那能照應人家便想起鳳姐待他刻薄趂着賈璉不在家要擺佈巧姐出氣遂把這個當叫賈芸來上故意的埋怨賈芸道你們年紀又大放着弄銀錢的事又不敢辦倒和我没有錢的人商量賈芸道三叔你這話說的倒好笑咱們一塊兒頑一塊兒鬧那裡有有錢的事賈環道不是前兒有人說是外藩要買個偏房你們何不和王大舅商量把巧姐說給他呢賈芸道叔叔我說句招你生氣的話外藩花了錢買人還想能和咱們走動麽賈環在賈芸耳邊說了些話賈芸雖然點頭只道賈環是小孩子的話也不當事恰好王仁走來說道你們兩個人商量些什麽瞞着我嗎賈芸便將賈環的話附耳低言的說了王仁

拍手道這倒是一宗好事又有銀子只怕你們不能若是你們敢辦我是親舅舅做得主的只要環老三在大太太跟前那麼一說我找邢大舅再一說太太們問起來你們打夥兒說好就是了賈環等商議定了王仁便去找邢大舅賈芸便去回邢王二夫人說得錦上添花王夫人聽了雖然入耳只是不信邢夫人聽得邢大舅知道心裡願意便打發人找了邢大舅來問他那邢大舅已經聽了王仁的話又可分肥便在邢夫人跟前說道若說這位郡王是極有體面的若應了這門親事雖說不是正配管保一過了門姐夫的官早復了這裡的聲勢又好了邢夫人本是沒主意的人被傻大舅一番假話哄得心動請了王

仁來一問更說得熱鬧於是邢夫人倒叫人出去追着賈芸去說王仁即刻找了人去到外藩公館說了那外藩不知底細便要打發人來相看賈芸又鑽了相看的人說明原是瞞着合宅的只說是王府相親等到成了他祖母作主親舅舅的保山是不怕的那相看的人應了賈芸便送信與邢夫人並回了王夫人那李紈寶釵等不知原故只道是件好事也都歡喜那日果然來了幾個女人都是艷粧麗服邢夫人接了進去敘了些閑話那來人本知是個誥命也不敢怠慢邢夫人因事未定也沒有和巧姐說明只說有親戚來瞧叫他去見巧姐到底是個小孩子那管這些便跟了奶媽過來平兒不放心也跟着來只見

有兩個宮人打扮的見了巧姐便渾身上下一看更又起身來拉着巧姐的手又瞧了一遍略坐了一坐就走了倒把巧姐看得羞臊回到房中納悶想來沒有這門親戚便問平兒平兒先看見來頭却也猜着八九必是相親的但是二爺不在家大太太作主到底不知是那府裡的若說是對頭親不該這樣相看瞧那幾個人的來頭不像是本支王府好像是外頭路數如今且不必和姑娘說明且打聽明白再說平兒心下留神打聽那些丫頭婆子都是平兒使過的平兒一問所有聽見外頭的風聲都告訴了平兒便嚇的沒了主意雖不和巧姐說便赶着去告訴了李紈寶釵求他二人告訴王夫人王夫人知道這事不

好便和邢夫人說知怎奈邢夫人信了兄弟並王仁的話反疑心王夫人不是好意便說孫女兒也大了現在璉兒不在家這件事我還做得主况且他親舅爺爺和他親舅舅打聽的難道倒比別人不真麼我橫竪是願意的倘有什麽不好我和璉兒也抱怨不着別人王夫人聽了這些話心下暗暗生氣勉强說些閑話便走了出來告訴了寶釵自己落淚寶玉勸道太太別煩惱這件事我看來是不成的這又是巧姐兒命裡所招只求太太不管就是了王夫人道你一開口就是瘋話人家說定了就要接過去若依平兒的話你璉二哥哥不抱怨我麽別說自已的姪孫女兒就是親戚家的也是要好纔好邢姑娘是我們

作媒的鬧了你二大舅子如今和和順順的過日子不好麼那琴姑娘梅家娶了去聽見說是豐衣足食的狠好就是史姑娘是他叔叔的主意頭裡原好如今姑爺癆病死了你史妹妹立志守寡也就苦了若是巧姐兒錯給了人家兒可不是我的心壞正說着平兒過來瞧寶釵並探聽邢夫人的口氣王夫人將邢夫人的話說了一遍平兒呆了半天跪下求道巧姐兒終身全仗着太太若信了人家的話不但姑娘一輩子受了苦便是璉二爺回來怎麼說呢王夫人道你是個明白人起來聽我說巧姐兒到底是大太太孫女兒他要作主我能彀攔他麼寶玉勸道無妨礙的只要明白就是了平兒生怕寶玉瘋癲嚷出來

也並不言語回了王夫人竟自去了這裡王夫人想到煩悶一陣心痛叫丫頭扶着勉强回到自巳房中躺下不叫寶玉寶釵過來說睡睡就好的自巳却也煩悶聽見說李嬸娘來了也不及接待只見賈蘭進來請了安回道今早爺爺那裡打發人帶了一封書子來外頭小子們傳進來的我母親接了正要過來因我老娘來了叫我先呈給太太瞧回來我母親就過來来回太太還說我老娘要過來呢說着一面把書子呈上王夫人一面接書一面問道你老娘來作什麼賈蘭道我也不知道我只聽見我老娘說我三姨兒的婆婆家有什麼信兒來了王夫人聽了想起來還是前次給甄寶玉說了李綺後来放定下茶想

來此時甄家要娶過門所以李嬸娘來商量這件事情便點點頭兒一面拆開書信見上面寫着道

近因途沿俱係海疆凱旋船隻不能迅速前行聞探姐隨翁婿來都不知曾有信否前接到璉姪手稟知大老爺身體欠安亦不知已有確信否寶玉蘭兒場期已近務須實心用功不可怠惰老太太靈柩抵家尚需日時我身體平善不必掛念此諭寶玉等知道月日手書蓉兒另稟

王夫人看了仍舊遞給賈蘭說你拿去給你二叔叔瞧瞧還交給你母親罷正說著李紈同李嬸娘過來請安問好畢王夫人讓了坐李嬸娘便將甄家要娶李綺的話說了一遍大家商議

了一會子李紈因問王夫人道老爺的書子太太看過了麼王夫人道看過了賈蘭便拿着給他母親瞧李紈看了道三姑娘出了門好幾年總沒有來如今要回京了太太也放了好些心王夫人道我本是心痛看見探丫頭要回來了心裏略好些只是不知幾時纔到李嬸娘便問了賈政在路好李紈因向賈蘭道哥兒瞧見了場期近了你爺爺惦記的什麽是的你快拿了去給二叔叔瞧去罷李嬸娘道他們爺兒兩個又沒進過學怎麽能下場呢王夫人道他爺爺做糧道的起身時給他們爺兒兩個援了例監了李嬸娘點頭賈蘭一面拿著書子出來來找寶玉那寶玉送了王夫人去後正拿着秋水一篇在那裏細

玩寶釵從裡間走出見他看的得意忘言便走過來一看見是這個心裡着實煩悶細想他只顧把這些出世離羣的話當作一件正經事終久不妥看他這種光景料勸不過來便坐在寶玉傍邊怔怔的瞅着寶玉見他這般便道你這又是爲什麽寶釵道我想你我既爲夫婦你便是我終身的倚靠却不在情慾之私論起榮華富貴原不過是過眼烟雲但自古聖賢以人品根柢爲重寶玉也沒聽完把那本書擱在傍邊微微的笑道據你說人品根柢又是什麽古聖賢你可知古聖賢說過不失其赤子之心那赤子有什麽好處不過是無知無識無貪無忌我們生來已陷溺在貪嗔癡愛中猶如汚泥一般怎麽能跳出這

般塵網如今纔曉得聚散浮生四字古人說了不曾提醒一個旣要講到人品根柢誰是到那太初一步地位的寶釵道你旣說赤子之心古聖賢原以忠孝爲赤子之心并不是遁世離羣無關無係爲赤子之心堯舜禹湯周孔時刻以救民濟世爲心所謂赤子之心原不過是不忍二字若你方纔所說的忍於拋棄天倫還成什麼道理寶玉點頭笑道堯舜不强巢許武周不强夷齊寶釵不等他說完便道你這個話益發不是了古來若都是巢許夷齊爲什麼如今人又把堯舜周孔稱爲聖賢呢況且你自比夷齊更不成話夷齊原是生在殷商末世有許多難處之事所以纔有托而逃當此聖世咱們世受國恩祖父錦衣

玉食況你自有生以來自去世的老太太以及老爺太太視如珍寶你方纔所說自己想一想是與不是寶玉聽了也不答言只有仰頭微笑寶釵因又勸道你旣理屈詞窮我勸你從此把心收一收好好的用用功但能傳得一第便是從此而止也不枉天恩祖德了寶玉點了點頭嘆了口氣說道一第呢其實也不是什麼難事倒是你這個從此而止不枉天恩祖德却還不離其宗寶釵未及答言襲人過來說道剛纔二奶奶說的古聖先賢我們也不懂我只想著我們這些人從小兒辛辛苦苦跟着二爺不知陪了多少小心論起理來原該當的但只二爺也該體諒體諒況且二奶奶替二爺在老爺太太跟前行了多少

孝道就是二爺不以夫妻爲事也不可太辜負了人心至于神仙那一層更是謊話誰見過有走到凡間來的神仙呢那裡來的這麼個和尚說了些混話二爺就信了真二爺是讀書的人難道他的話比老爺太太還重麼寶玉聽了低頭不語襲人還要說時只聽外面脚步走响隔着牕戶問道二叔在屋裡呢麽寶玉聽了是賈蘭的聲音便站起來笑道你進來罷寶釵也站起來賈蘭進來笑容可掬的給寶玉寶釵請了安問了襲人的好襲人也問了好便把書子呈給寶玉瞧寶玉接在手中看了便道你三姑姑回來了賈蘭道爺爺既如此寫自然是回來的了寶玉點頭不語默默如有所思賈蘭便問叔叔看見了爺爺

後頭寫着叫偺們好生念書呢叔叔這成子只怕總没作文章罷寶玉笑道我也要作幾篇熟一熟手好去誆這個功名賈蘭道叔叔旣這樣就擬幾個題目我跟着叔叔作作也好進去混場别到那時交了白卷子惹人笑話不但笑話我人家連叔叔都要笑話了寶玉道你也不至如此說著寶釵命賈蘭坐下寶玉仍坐在原處賈蘭側身坐了兩個談了一回文不覺喜動顏色寶釵見他爺兒兩個談得高興便仍進屋裡去了心中細想寶玉此時光景或者醒悟過來了只是剛纔說話他把那從此而止四字单单的許可這又不知是什麽意思了寶釵尚自猶豫惟有襲人看他愛講文章提到下場更又欣然心裡想道阿

彌陀佛好容易講四書是的纔講過來了這裡寶玉和賈蘭講文鶯兒沏過茶來賈蘭站起來接了又說了一會子下場的規矩並請甄寶玉在一處的話寶玉也甚似願意一時賈蘭回去便將書子留給寶玉了那寶玉拿着書子笑嘻嘻走進來遞給麝月收了便出來將那本莊子收了把幾部向來最得意的如參同契元命苞五燈會元之類叫出麝月秋紋鶯兒等都搬了擱在一邊寶釵見他這番舉動甚爲罕異因欲試探他便笑問道不看他倒是正經但又何必搬開呢寶玉道如今纔明白過來了這些書都算不得什麽我還要一火焚之方爲干凈寶釵聽了更欣喜異常只聽寶玉口中微吟道

內典語中無佛性　金丹法外有仙舟

寶釵也沒狠聽真只聽得無佛性有仙舟幾個字心中轉又狐疑且看他作何光景寶玉便命麝月秋紋等收拾一間靜室把那些語錄名稿及應制詩之類都找出來擱在靜室中自己却當真靜靜的用起功來寶釵這纔放了心那襲人此時真是聞所未聞見所未見便悄悄的笑着向寶釵道到底奶奶說話透徹只一路講究就把二爺勸明白了就只可惜遲了一點兒臨塲太近了寶釵點頭微笑道功名自有定數中與不中倒也不在用功的遲早但願他從此一心巴結正路把從前那些邪魔永不沾染就是好了說到這裡見房裡無人便悄說道這一番

悔悟過来固然狠好但只一件怕又犯了前頭的舊病和女孩兒們打起交道來也是不好襲人道奶奶說的也是二爺自從信了和尚纔把這些姐妹冷淡了如今不信和尚真怕又要犯了前頭的舊病呢我想奶奶和我二爺原不大理會紫鵑去了如今秖他們四個這裡頭就是五兒有些個狐媚子聽見說他媽求了大奶奶和奶奶說要討出去給人家兒呢但是這兩天到底在這裡呢麝月秋紋雖沒别的只是二爺那幾年也都有些頑頑皮皮的如今筭来秖有鶯兒二爺倒不大理會況且鶯兒也穩重我想倒茶弄水只叫鶯兒帶着小丫頭們伏侍就彀了不知奶奶心裡怎麼樣寶釵道我也慮的是這個你說的倒

也罷了從此便派鶯兒帶着小丫頭伏侍那寶玉卻也不出房門天天只差人去給王夫人請安王夫人聽見他這番光景那一種欣慰之情更不待言了到了八月初三這一日正是賈母的冥壽寶玉早晨過來磕了頭便回去仍到靜室中去了飯後寶釵襲人等都和姊妹們跟着邢王二夫人在前面屋裡說閒話兒寶玉自在靜室冥心危坐忽見鶯兒端了一盤瓜菓進來說太太叫人送來給二爺吃的這是老太太的克什寶玉站起來答應了復又坐下便道擱在那裡罷鶯兒一面放下瓜菓一面悄悄向寶玉道太太那裡誇二爺呢寶玉微笑鶯兒又道太太說了二爺這一用功明兒進場中了出來明年再中了進士

作了官老爺太太可就不枉了盼二爺了寶玉也只點頭微笑鶯兒忽然想起那年給寶玉打絡子的時候寶玉說的話來便道真要二爺中了那可是我們姑奶奶的造化了二爺還記得那一年在園子裡不是二爺叫我打梅花絡子時說的我們姑奶奶後來帶着我不知到那一個有造化的人家兒去呢如今二爺可是有造化的羅唎寶玉聽到這裡又覺塵心一動連忙斂神定息微微的笑道據你說來我是有造化的你們姑娘也是有造化的你呢鶯兒把臉飛紅了勉强笑道我們不過當丫頭一輩子罷咧有什麼造化呢寶玉笑道果然能彀一輩子是丫頭你這個造化比我們還大呢鶯兒聽見這話似乎又是瘋

話了恐怕自己招出寶玉的病根来打𦂳着要走只見寶玉笑着說道傻丫頭我告訴你罷未知寶玉又說出什麽話来且聽下回分解

紅樓夢第一百十八囘終

紅樓夢第一百十九回

中鄉魁寶玉却塵緣　沐皇恩賈家延世澤

話說鶯兒見寶玉說話摸不着頭腦正自要走只聽寶玉又說道傻丫頭我告訴你罷你姑娘既是有造化的你跟着他自然也是有造化的了你襲人姐姐是靠不住的只要往後你盡心伏侍他就是了日後或有好處也不枉你跟着他熬了一場鶯兒聽着前頭像話後頭說的又有些不像了便道我知道了姑娘還等我呢二爺要吃菓子時打發小丫頭叫我就是了寶玉點頭鶯兒纔去了一時寶釵襲人回來各自房中去了不題且說過了幾天便是塲期別人只知盼望他爺兒兩個作了好文

章便可以高中的了秖有寶釵見寶玉的工課雖好只是那有意無意之間却別有一種冷靜的光景知他要進場了頭一件叔侄兩個都是初次赴考恐人馬擁擠有什麽失閃第二件寶玉自和尚去後總不出門雖然見他用功喜歡只是改的太速太好了反倒有些信不及只怕又有什麽變故所以進場的頭一天一面派了襲人帶了小丫頭們同着素雲等給他爺兒兩個收拾妥當自己又都過了目好好的擱起預備着一面過來同李紈回了王夫人揀家裡老成的管事的多派了幾個只說怕人馬擁擠碰了次日寶玉賈蘭換了半新不舊的衣服欣然過來見了王夫人王夫人囑咐道你們爺兒兩個都是初次下

場但是你們活了這麽大並不曾離開我一天就是不在我跟前也是丫頭媳婦們圍着何曾自巳孤身睡過一夜今日各自進去孤孤恓恓舉目無親須要自巳保重早些作完了文章出來我着家人早些回来也叫你母親媳婦們放心王夫人說着不免傷起心來賈蘭聽一句答應一句只見寶玉一聲不哼待王夫人說完了走過來給王夫人跪下滿眼流淚磕了三個頭說道母親生我一世我也無可答報只有這一入場用心作了文章好好的中個舉人出來那時太太喜歡喜歡便是兒子一輩子的事也完了一輩子的不好也都遮過去了王夫人聽了更覺傷心便道你有這個心自然是好的可惜你老太太不能

見你的面了一面說一面哭着拉他那寶玉只管跪著不肯起來便說道老太太見與不見總是知道的喜歡的既能知道了喜歡了便是不見也和見了的一樣只不過隔了形質並非隔了神氣啊李紈見王夫人和他如此一則怕勾起寶玉的病來二則也覺得光景不太吉祥連忙過來說道太太這是大喜的事爲什麼這樣傷心况且寶兄弟近來很知好歹很孝順又肯用功只要帶了姪兒進去好好的作文章早早的回來寫出來請偺們的世交老先生們看了等着爺兒兩個都報了喜就完了一面叫人攙起寶玉來寶玉却轉過身來給李紈作了個揖說嫂子放心我們爺兒兩個都是必中的日後蘭哥還有大出

說老太太此子不復在紅塵中也

息大嫂子還要帶鳳冠穿霞帔呢李紈笑道但願應了叔叔的話也不枉說到這裡恐怕又惹起王夫人的傷心來連忙咽住了寶玉笑道只要有了個好兒子能彀接續祖基就是大哥哥不能見也算他的後事完了李紈見天氣不早了也不肯儘着和他說話只好點點頭兒此時寶釵聽得早已呆了這些話不但寶玉說的不好便是王夫人李紈所說句句都是不祥之兆却又不敢認真只得忍淚無言那寶玉走到跟前深深的作了一個揖衆人見他行事古怪也摸不着是怎麽樣又不敢笑他只見寶釵的眼淚直流下來衆人更是納罕又聽寶玉說道姐姐我要走了你好生跟着太太聽我的喜信兒罷寶釵道是時

暗射已有孕後日寶釵亦如此也

候了你不必說這些嘮叨話了寶玉道你倒催的我緊我自已也知道該走了回頭見衆人都在這裡只沒惜春紫鵑便說道四妹妹和紫鵑姐姐跟前替我說罷他們兩個橫豎是再見的衆人見他的話又像有理又像瘋話大家衹說他從來沒出過門都是太太的一套話招出來的不如早早催他去了就完了事了便說道外面有人等你呢你再鬧就悮了時辰了寶玉仰而大笑道走了走了不用胡鬧了完了事了衆人也都笑道快走罷獨有王夫人和寶釵娘兒兩個倒像生離死別的一般那眼淚也不知從那裡來的直流下來幾乎失聲哭出但見寶玉嘻天哈地大有瘋傻之狀遂從此出門而去正是

走來名利無雙地　打出樊籠第一關

不言寶玉賈蘭出門赴考且說賈環見他們考去自己又氣又恨便自大爲王說我可要給母親報仇了家裡一個男人沒有上頭大太太依了我還怕誰想定了主意跑到邢夫人那邊請了安說了些奉承的話那邢夫人自然喜歡便說道你這纔是明理的孩子呢像那巧姐兒的事原該我作主的你璉二哥糊塗放着親奶奶倒托別人去賈環道人家那頭兒也說了只認得這一門子現在定了還要備一分大禮來送太太呢如今太太有了這樣的藩王孫女女婿還怕大老爺沒大官做麼不是我說自己的太太他們有了元妃姐姐便欺壓的人難受將來

巧姐兒別也是這樣沒良心等我去問問他邢夫人道你也該告訴他他纔知道你的好處只怕他父親在家也找不出這麼門子好親事來但只平兒那個糊塗東西他倒說這件事不好說是你太太也不願意想來恐怕我們得了意若遲了你二哥回來又聽人家的話就辦不成了賈環道那邊都定了只等太太出了八字王府的規矩三天就要來娶的但是一件只怕太太不願意那邊說是不該娶犯官的孫女只好悄悄的抬了去等大老爺免了罪做了官再大家熱鬧起來邢夫人道這有什麼不願意也是禮上應該的賈環道既這麼着這帖子太太出了就是了邢夫人道這孩子又糊塗了裡頭都是女人你叫薔

哥兒寫了一個就是了賈環聽說喜歡的了不得連忙答應了出來赶着和賈芸說了邀着王仁到那外藩公館立文書兌銀子去了那知剛纔所說的話早被跟邢夫人的丫頭聽見那丫頭是求了平兒纔挑上的便抽空兒赶到平兒那裡一五一十的都告訴了平兒早知此事不好已和巧姐細細的說明巧姐哭了一夜必要等他父親回來作主大太太的話不能遵今兒又聽見這話便大哭起來要和太太講去平兒急忙攔住道姑娘且慢着大太太是你的親祖母他說二爺不在家大太太做得主的況且還有舅舅做保山他們都是一氣姑娘一個人那裡說得過呢我到底是下人說不上話去如今只可想法兒斷

不可冒失的邢夫人那邊的丫頭道你們快快的想主意不然可就要抬走了說着各自去了平兒囘過頭來見巧姐哭作一團連忙扶着道姑娘哭是不中用的如今是二爺彀不着聽見他們的話頭道這句話還沒說完只見邢夫人那邊打發人來告訴姑娘大喜的事來了叫平兒將姑娘所有應用的東西料理出來若是賠送呢原說明了等二爺囘來再辦平兒只得答應了囘來又見王夫人過來巧姐兒一把抱住哭得倒在懷裏王夫人也哭道妞兒不用着急我爲你吃了大太太好些話看來是扭不過來的我們只好應着緩下去卽刻差個家人赶到你父親那裏去告訴平兒道太太還不知道麽早起三爺在大太

太跟前說了什麼外藩規矩三日就要過去的如今大太太已叫芸哥兒寫了名字年庚去了還等得二爺麼王夫人聽說是三爺便氣得話也說不出來呆了半天一叠聲叫找賈環找了半天人回今早同薔哥兒王舅爺出去了王夫人問芸哥呢衆人回說不知道巧姐屋內人人瞪眼都無方法王夫人也難和邢夫人爭論只有大家抱頭大哭正鬧着一個婆子進來回說後門上的人說那個劉老老又來了王夫人道偺們家遭了這樣事那有工夫接待人不拘怎麼回了他去罷平兒道太太該叫他進來他是姐兒的乾媽也得告訴告訴他王夫人不言語那婆子便帶了劉老老進來各人見了問好劉老老見衆人的

眼圈兒通紅也摸不着頭腦遲了一會子問道怎麽了太太姑娘們必是想二姑奶奶了巧姐兒聽見提起他母親越發大哭起來平兒道老老别說閒話你既是姑娘的乾媽也該知道的便一五一十的告訴了把個劉老老也唬怔了等了半天忽然笑道你這樣一個伶俐姑娘沒聽見過鼓兒詞麽這上頭的法兒多着呢這有什麽難的平兒赶忙問道老老你有什麽法兒快說罷劉老老道這有什麽難的呢一個人也不叫他們知道扔崩一走就完了事了平兒道這可是混說了我們這樣人家的人走到那裡去劉老老道只怕你們不走你們要走就到我屯裡去我就把姑娘藏起來即刻叫我女壻弄了人叫姑娘親

筆寫個字兒赶到姑老爺那裡少不得他就來了可不好麼平兒道大太太知道呢劉老老道我來他們知道麼平兒道大太太住在前頭他待人刻薄有什麼信沒人送給他的你若前門走來就知道了如今是後門來的不妨事劉老老道偺們說定了幾時我叫女婿打了車來接了去平兒道這還等得幾時嗎你坐着罷急忙進去將劉老老的話避了傍人告訴了王夫人想了半天不妥當平兒道只好這樣為的是太太纔敢說明太太就裝不知道回來倒問大太太我們那裡就有人去想二爺回來也快王夫人不言語嘆了一口氣巧姐兒聽見便和王夫人道求太太救我橫豎父親回來只有感激的平兒道不用說

了太太回去罷只要太太派人看屋子王夫人道掩密些你們兩個人的衣服鋪蓋是要的啊平兒道要快走纔中用呢若是他們定了回來就有饑荒了一句話提醒了王夫人便道是了你們快辦去罷有我呢於是王夫人回去倒過去找邢夫人說閑話兒把邢夫人先絆住了平兒這裡便遣人料理了囑咐道倒別避人有人進來看見就說是大太太吩咐的要一輛車子送劉老老去這裡又買囑了看後門的人僱了車來平兒便將巧姐裝做青兒模樣急急的去了後來平兒只當送人眼錯不見也跨上車去了原來近日賈府後門雖開只有一兩個人看著餘外雖有幾個家下人因房大人少空落落的誰能照應

且邢夫人又是個不憐下人的家人明知此事不好又都感念平兒的好處所以通同一氣放走了巧姐邢夫人還自和王夫人說話那裡理會只有王夫人甚不放心說了一回話悄悄的走到寶釵那裡坐下心裡還是惦記着寶釵見王夫人神色恍惚便問太太的心裡有什麼事王夫人將這事背地裡和寶釵說了寶釵道險得狠如今得快快的兒叫芸哥兒止住那裡纔妥當王夫人道我找不着環兒呢寶釵道太太總要裝作不知等我想個人去叫大太太知道纔好王夫人點頭一任寶釵想人暫且不言且說外藩原是要買幾個使喚的女人據媒人一面之辭所以派人相看相看的人回去禀明了藩王藩王問起

人家衆人不敢隱瞞只得實說那外藩聽了知是世代勳戚便說了不得這是有干例禁的幾乎悮了大事况我朝覲已過便要擇日起程倘有人來再說快快打發出去這日恰好賈芸王仁等遞送年庚只見府門裡頭的人便說奉王爺的命誰敢拿賈府的人來冐充民女者要拿住究治的如今太平時候誰敢這樣大胆這一嚷唬得王仁等抱頭鼠竄的出來埋怨那說事的人大家掃興而散賈環在家候信又聞王夫人傳喚急得煩燥起來見賈芸一人回來赶着問道定了麼賈芸慌忙跺足道了不得了不得不知誰露了風了還把吃虧的話說了一遍賈環氣得發怔說我早起在大太太跟前說的這樣好如今怎麼

樣處呢這都是你們衆人坑了我了正沒主意聽見裡頭亂嚷叫著賈環等的名字說大太太二太太叫呢兩個人只得蹭進去只見王夫人怒容滿面說你們幹的好事如今逼死了巧姐和平兒了快快的給我我還屍首來完事兩個人跪下賈環不敢言語賈芸低頭說道孫子不敢幹什麼爲的是邢舅太爺和王舅爺說給巧妹妹作媒我們纔回太太們的大太太愿意纔叫孫子寫帖兒去的人家還不要呢怎麼我們逼死了妹妹呢王夫人道環兒在大太太那裡說的三日內便要抬了走說親作媒有這樣的麼我也不問你們快把巧姐兒還了我們等老爺回來再說邢夫人如今也是一句話兒說不出了只有落淚

王夫人便罵賈環說趙姨娘這樣混賬東西留的種子也是這混賬的說著叫丫頭扶了回到自已房中那賈環賈芸邢夫人三個人互相埋怨說道如今且不用埋怨想來死是不死的必是平兒帶了他到那什麼親戚家躲着去了邢夫人叫了前後的門上人來罵著問巧姐兒和平兒知道那裡去了豈知下人一口同音說是大太太不必問我們問當家的爺們就知道了在大太太也不用鬧等我們太太問起來我們有話說要打大家打要發大家都發自從璉二爺出了門外頭鬧的還得了我們的月錢月米是不給了賭錢喝酒鬧小旦還接了外頭的媳婦兒到宅裡來這不是爺嗎說得賈芸等頓口無言王夫人那

邊又打發人來催說叫爺們快找來那賈環等急得恨無地縫可鑽又不敢盤問巧姐那邊的人明知衆人深恨是必藏起來了但是這句話怎敢在王夫人面前說只得各處親戚家打聽毫無踪跡裡頭一個邢夫人外頭環兒等這幾天鬧的晝夜不寧看看到了出場日期王夫人只盼着寶玉賈蘭回來等到晌午不見回來王夫人李紈寶釵着忙打發人去到下處打聽去了一起又無消息連去的人也不來了回來又打發一起人去又不見回來三個人心裡如熱油熬煎等到傍晚有人進來見是賈蘭衆人喜歡問道寶二叔呢賈蘭也不及請安便哭道二叔丢了王夫人聽了這話便怔了半天也不言語便直挺挺的

躺倒床上虧得彩雲等在後面扶着下死的叫醒轉來哭着見寶釵也是白瞪兩眼襲人等已哭得淚人一般只有哭着罵賈蘭道糊塗東西你同二叔在一處怎麼他就丢了賈蘭道我和二叔在下處是一處吃一處睡進了場相離也不遠刻刻在一處的今見一早二叔的卷子早完了還等我呢我們兩個人一起去交了卷子一同出來在龍門口一擠回頭就不見了我們家接場的人都問我李貴還說看見的相離不過數步怎麼一擠就不見了現叫李貴等分頭的找去我也帶了人各處號裡都找遍了沒有我所以這時候纔回來王夫人是哭的一句話也說不出來寶釵心裡已知八九襲人痛哭不已賈薔等不等

吩咐也是分頭而去可憐榮府的人個個死多活少空備了接場的酒飯賈蘭也都忘了辛苦還要自已找去倒是王夫人攔住道我的兒你叔叔丢了還禁得再丢了你麽好孩子你歇歇去罷賈蘭那裡肯走尤氏等苦勸不止衆人中只有惜春心裡却明白了只不好說出來便問寳釵道二哥哥帶了玉去了沒有寳釵道這是隨身的東西怎麽不帶惜春聽了便不言語襲人想起那日搶玉的事來也是料着那和尚作怪柔腸幾斷珠淚交流嗚嗚咽咽哭個不住追想當年寳玉相待的情分有時慪他他便惱了也有一種令人回心的好處那温存體貼是不用說了若慪急了他便賭誓說做和尚誰知今日却應了這句

訴了不言襲人苦想那說那天已是四更並沒個信兒李紈怕王夫人苦壞了極力勸著回房衆人都跟着伺候只有邢夫人回去賈環躲着不敢出來王夫人叫賈蘭去了一夜無眠次日天明雖有家人回來都說沒有一處不尋到實在沒有影兒于是薛姨媽薛蝌史湘雲寶琴李嬸等接二連三的過來請安問信如此一連數日王夫人哭得飲食不進命在垂危忽有家人回道海疆來了一人口稱統制大人那裡來的說我們家的三姑奶奶明日到京了王夫人聽說探春回京雖不能解寶玉之愁那個心略放了些到了明日果然探春回來衆人遠遠接着見探春出挑得比先前更好了服采鮮明看見王夫人形容枯

稿衆人眼腫腮紅便也大哭起來哭了一會然後行禮看見惜春道姑打扮心裡很不舒服又聽見寶玉心迷走失家中多少不順的事大家又哭起來還虧得探春能言見解亦高把話來慢慢兒的勸解了好些時王夫人等略覺好些至次日三姑爺也來了知有這樣事留探春住下勸解跟探春的丫頭老婆也與衆姐妹們相聚各訴別後情事從此上上下下的人竟是無晝無夜專等寶玉的信那一夜五更多天外頭幾個家人進來到二門口報喜幾個小丫頭亂跑進來也不及告訴大丫頭了進了屋子便說太太奶奶們大喜王夫人打諒寶玉找着了便喜歡的站起身來說在那裡找着的快叫他進來那人道中了

第七名舉人王夫人道寶玉呢家人不言語王夫人仍舊坐下探春便問第七名中的是誰家人囘說是寶二爺正說着外頭又嚷道蘭哥兒中了那家人赶忙出去接了報單囘禀見賈蘭中了一百三十名李紈心下自然喜歡但因不見了寶玉不敢喜形於色王夫人見賈蘭中了心下也是喜歡只想若是寶玉一回來偺們這些人不知怎樣樂呢獨有寶釵心下悲苦又不好掉淚衆人道喜說是寶玉既有中的命自然再不會丟的不過再過兩天必然找的着王夫人等想來不錯略有笑容衆人便趂勢勸王夫人等多進了些飲食只見三門外頭焙茗亂嚷說我們二爺中了舉人是丟不了的了衆人問道怎麽見得焙

若道一舉成名天下聞如今二爺走到那裡那裡就知道的誰敢不送來裡頭的衆人都說這小子雖是沒規矩這句話是不錯的惜春道這樣大人了那裡有走失的只怕他勘破世情入了空門這就難找著他了這句話又招的王夫人等都大哭起來李紈道古來成佛作祖成神仙的果然把爵位富貴都抛了也多得狠王夫人哭道他若抛了父母這就是不孝怎能成佛作祖探春道大凡一個人不可有奇處二哥哥生來帶塊玉來都道是好事這麼說起來都是有了這塊玉的不好若是再有幾天不見我不是叫太太生氣就有些原故了只好譬如沒有生這位哥哥罷了果然有來頭成了正果也是太太幾輩子的

修積寶釵聽了不言語襲人那裡忍得住心裡一疼頭上一暈便栽倒了王夫人看着可憐命人扶他回去賈環見哥哥侄兒中了又為巧姐的事大不好意思只抱怨薔芸兩個知道探春回來此事不肯干休又不敢躲開這幾天竟是如在荊棘之中次日賈蘭只得先去謝恩知道甄寶玉也中了大家序了同年提起賈寶玉心迷走失甄寶玉嘆息勸慰知貢舉的將考中的卷子奏聞皇上一一的披閱看取中的文章俱是平正通達的見第七名賈寶玉是金陵籍貫第一百三十名又是金陵賈蘭皇上傳旨詢問兩個姓賈的是金陵人氏是否賈妃一族大臣領命出來傳賈寶玉賈蘭問話賈蘭將寶玉場後迷失的話並

將三代陳明大臣代爲轉奏皇上最是聖明仁德想起賈氏功勲命大臣查覆大臣便細細的奏明皇上甚是憫恤命有司將賈赦犯罪情由查案呈奏皇上又看到海疆靖寇班師善後事宜一本奏的是海宴河淸萬民樂業的事皇上聖心大悅命九卿叙功議賞並大赦天下賈蘭等朝臣散後拜了座師並聽見朝內有大赦的信便回了王夫人等合家略有喜色只盼寶玉回來薛姨媽更加喜歡便要打算贖罪一日人報甄老爺同三姑爺來道喜王夫人便命賈蘭出去接待不多一時賈蘭進來笑嘻嘻的回王夫人道太太們大喜了甄老爺在朝內聽見有旨意說是大爺爺的罪名免了珍大爺不但免了罪仍襲了寧

國三等世職榮國世職仍是爺爺襲了俟丁憂服滿仍陞工部郎中所抄家產全行賞還二叔的文章皇上看了甚喜問知元妃兄弟北靜王還奏說人品亦好皇上傳旨召見衆大臣奏稱據伊姪賈蘭回稱出場時迷失現在各處尋訪皇上降旨着五營各衙門用心尋訪這旨意一下請太太們放心皇上這樣聖恩再沒有找不着的王夫人等這纔大家稱賀喜歡起來只有賈環等心下着急四處找尋巧姐那知巧姐隨了劉老老帶着平兒出了城到了庄上劉老老也不敢輕褻巧姐便打掃上房讓給巧姐平兒住下每日供給雖是鄉村風味倒也潔淨又有靑兒陪着暫且寬心那庄上也有幾家富戶知道劉老老家來

了賈府姑娘誰不來瞧都道是天上神仙也有送菜菓的也有送野味的倒也熱鬧內中有個極富的人家姓周家財巨萬良田千頃只有一子生得文雅清秀年紀十四歲他父母延師讀書新近科試中了秀才那日他母親看見巧姐心裏羨慕自想我是庄家人家那裏配得起這樣世家小姐只顧呆想劉老老早看出他的心事來便說你的心事我知道了我給你們做個媒罷周媽媽笑道你別哄我他們什麼人家肯給我們庄家人劉老老道說著瞧罷于是兩人各自走開劉老老惦記着賈府叫板兒進城打聽那日恰好到寧榮街只見有好些車轎在那裏板兒便在隣近打聽說是寧榮兩府復了官賞還抄的家產

如今府裡又要起來了只是他們的寶玉中了官不知走到那裡去了板兒心裡喜歡便要回去又見好幾匹馬到來在門前下馬只見門上打千兒請安說二爺回來了大喜大老爺身上安了麼那位爺笑著道好了又遇恩旨就要回来了還問那些人做什麼的門上回說是皇上派官在這裡下旨意叫人領家產那位爺便喜喜歡歡的進去板兒料是賈璉也不再打聽趕忙回去告訴他外祖母劉老老聽說喜的眉開眼笑去給巧姐兒道喜將板兒的話說了一遍平兒笑說道可是虧了老老這樣一辦不然姑娘也摸不着這好時候兒了巧姐更自喜歡正說着那送賈璉信的人也回来了說是姑老爺感激得狠叫我

一到家快把姑娘送回去又賞了我好幾兩銀子劉老老聽了得意便叫人趕了兩輛車請巧姐平兒上車巧姐等在劉老老家住熟了反是依依不捨更有青兒哭着恨不能留下劉老老見他不忍相別便叫青兒跟了進城一逕直奔榮府而來且說賈璉先前知道賈赦病重趕到配所父子相見痛哭一場漸漸的好起來賈璉接着家書知道家中的事禀明賈赦回來走到中途聽得大赦又趕了兩天今日到家恰遇頒賞恩旨裏面邢夫人等正愁無人接旨雖有賈蘭終是年輕人報璉二爺回來大家相見悲喜交集此時也不及叙話即到前廳叩見了欽命大人問了他父親好說明日到內府領賞寧國府第發交居住

衆人起身辭別賈璉送出門去見有幾輛屯車家人們不許停歇正在吵鬧賈璉早知道是巧姐來的車便罵家人道你們這一起糊塗忘八崽子我不在家就欺心害主將姐兒都逼走了如今人家送來還要攔阻必是你們和我有什麼仇麼衆家人原怕賈璉回來不依想來少時纔破豈知賈璉說得更明心下不懂只得站著叫道二爺出門奴才們有病的有告假的都是三爺薔大爺芸二爺作主不與奴才們相干賈璉道什麼混賬東西我完了事再和你們說快把車赶進來賈璉進去見邢夫人也不言語轉身到了王夫人那裡跪下磕了個頭回道姐兒回來了全虧太太周全環兒弟也不用說他了只是芸兒這東

西他上回看家就鬧亂兒如今我去了幾個月便鬧到這樣回太太的話這種人攆了他不往來也使得的王夫人道王仁這下流種子爲什麽也是這樣壞賈璉道太太不用說了我自有道理正說着彩雲等回道姐兒進來了於是巧姐兒見了王夫人雖然別不多時想起那樣逃難的景况不免落下淚來巧姐兒也便大哭賈璉忙過來道謝了劉老老王夫人便拉他坐下說起那日的話來賈璉見了平兒外面不好說別的心裡十分感激眼中不覺流淚自此益發敬重平兒打算等賈赦回來要扶平兒爲正此是後話暫且不題只說邢夫人正恐賈璉不見了巧姐必有一番的周折又聽見賈璉在王夫人那裡心下更

是着急便叫丫頭去打聽囘來說是巧姐兒同着劉老老在那裡說話兒呢邢夫人纔如夢初覺知是他們弄鬼還抱怨王夫人調唆的我母子不和到底不知是那個送信給平兒的正問着只見巧姐同着劉老老帶了平兒王夫人在後頭跟着進來先把頭裡的話都說在賈芸王仁身上說大太太原是聽見人說爲的是好事那裡知道外頭的鬼邢夫人聽了自覺羞慚想起王夫人主意不差心裡也服於是邢王二夫人彼此倒心下相安了平兒囘了王夫人帶了巧姐到寶釵那裡來請安各自提各自的苦處又說到皇上隆恩偺們家該興旺起來了想來寶二爺必囘來的正說到這句話只見秋紋慌慌張張的跑來

說道襲人不好了不知何事且聽下回分解

紅樓夢第一百十九回終

紅樓夢第一百二十回

甄士隱詳說太虛情　賈雨村歸結紅樓夢

話說寶釵聽秋紋說襲人不好連忙進去瞧看巧姐兒同平兒也隨着走到襲人炕前只見襲人心痛難禁一時氣厥寶釵等用開水灌了過來仍舊扶他睡下一面傳請大夫巧姐兒因問寶釵道襲人姐姐怎麼病到這個樣兒寶釵道大前兒晚上哭傷了心了一時發暈栽倒了太太叫人扶他回來他就睡倒了因外頭有事沒有請大夫瞧他所以致此說着大夫來了寶釵等略避大夫看了脉說是急怒所致開了方子去了原來襲人模糊聽見說寶玉若不回来便要打發屋裡的人都出去一急

越發不好了到大夫瞧後秋紋給他煎藥他各自一人躺着神魂未定好像寶玉在他面前恍惚又像是見個和尚手裡拿着一本册子揭着看還說道你不是我的人日後自然有人家兒的襲人似要和他說話秋紋走來說藥好了姐姐吃罷襲人睜眼一瞧知是個夢也不告訴人吃了藥便自已細細的想寶玉必是跟了和尚去上回他要拿玉出去便是要脫身的樣子被我揪住看他竟不像往常把我混推混搡的一點情意都沒有後來待二奶奶更生厭煩在別的姊妹跟前也是沒有一點情意這就是悟道的樣子但是你悟了道抛了二奶奶怎麽好我是太太派我服侍你雖是月錢照着那樣的分例其實我究竟

没有在老爺太太跟前回明就算了你的屋裡人若是老爺太太打發我出去我若死守着又叫人笑話若是我出去心想寶玉待我的情分實在不忍左思右想萬分難處想到剛纔的夢說我是別人的人那倒不如死了干净豈知吃藥已後心痛減了好些也難躺着只好勉強支持過了幾日起來服侍寶釵寶釵想念寶玉暗中垂淚自嘆命苦又知他母親打算給哥哥贖罪狠費張羅不能不帮着打算暫且不表且說賈政扶賈母靈柩賈蓉送了秦氏鳳姐鴛鴦的棺木到了金陵先安了葬賈蓉自送黛玉的靈也去安葬賈政料理墳墓的事一日接到家書一行一行的看到寶玉賈蘭得中心裡自是喜歡後來看到寶

玉走失復又煩惱只得趕忙回來在道兒上又聞得有恩赦的旨意又接着家書果然赦罪復職更是喜歡便日夜趲行一日行到毘陵驛地方那天乍寒下雪泊在一個清靜去處賈政打發衆人上岸投帖辭謝朋友總說即刻開船都不敢勞動船上只留一個小廝伺候自己在船中寫家書先要打發人起早到家寫到寶玉的事便停筆抬頭忽見船頭上微微的雪影裏面一個人光着頭赤着脚身上披着一領大紅猩猩毡的斗篷向賈政倒身下拜賈政尚未認清急忙出船欲待扶住問他是誰那人已拜了四拜站起來打了個問訊賈政纔要還揖迎面一看不是別人却是寶玉賈政吃一大驚忙問道可是寶玉麽那

人衹不言語似喜似悲賈政又問道你若是寶玉如何這樣打扮跑到這裡來寶玉未及回言只見舡頭上來了兩人一僧一道夾住寶玉道俗緣已畢還不快走說着三個人飄然登岸而去賈政不顧地滑疾忙來趕見那三人在前那裡趕得上只聽得他們三人口中不知是那個作歌曰

我所居兮青埂之峰我所遊兮鴻濛太空誰與我逝兮吾誰與從渺渺茫茫兮歸彼大荒

賈政一面聽着一面趕去轉過一小坡倏然不見賈政已趕得心虛氣喘驚疑不定回過頭來見自己的小廝也隨後趕來賈政問道你看見方纔那三個人麼小厮道看見的奴才爲老爺

追赶故也赶來後來只見老爺不見那三個人了賈政還欲前走只見白茫茫一片曠野並無一人賈政知是古怪只得回來衆家人回船見賈政不在艙中問了舡夫說是老爺上岸追赶兩個和尚一個道士去了衆人也從雪地裡尋踪迎去遠遠見賈政來了迎上去接着一同回船賈政坐下喘息方定將見寶玉的話說了一遍衆人回禀便要在這地方尋覔賈政嘆道你們不知道這是我親眼見的並非鬼怪况聽得歌聲大有元妙寶玉生下時啣了玉來便也古怪我早知是不祥之兆為的是老太太疼愛所以養育到今便是那和尚道士我也見了三次頭一次是那僧道來說玉的好處第二次便是寶玉病重他來

了將那玉持誦了一番寳玉便好了第三次送那玉來坐在前廳我一轉眼就不見了我心裡便有些詫異只道寳玉果真有造化高僧仙道來護佑他的豈知寳玉是下凡歷刼的竟哄了老太太十九年如今叫我纔明白說到那裡掉下淚來衆人道寳二爺果然是下凡的和尚就不該中舉人了怎麽中了纔去賈政道你們那裡知道大凡天上星宿山中老僧洞裡的精靈他自具一種性情你看寳玉何常肯念書他若略一經心無有不能的他那一種脾氣也是各别另樣說着又嘆了幾聲衆人便拿蘭哥得中家道復興的話解了一番賈政仍舊寫家書便把這事寫上勸諭合家不必想念了寫完封好卽着家人囘去

賈政隨後趕回暫且不題且說薛姨媽得了赦罪的信便命薛蝌去各處借貸並自己湊齊了贖罪銀兩刑部准了收兌了銀子一角文書將薛蟠放出他們母子姊妹弟兄見面不必細述自然是悲喜交集了薛蟠自己立誓說道若是再犯前病必定犯殺犯剮薛姨媽見他這樣便握他的嘴說只要自己拿定主意必定還要妄口巴舌血淋淋的起這樣惡誓麼只是香菱跟你受了多少苦處你媳婦兒已經自己治死自己了如今雖說窮了這碗飯還有得吃據我的主意我便算他是媳婦了你心裡怎麼樣薛蟠點頭願意寶釵等也說很該這樣倒把香菱急得臉脹通紅說是伏侍大爺一樣的何必如此衆人便稱起大

奶奶來無人不服薛蟠便要去拜謝賈家薛姨媽寶釵也都過來見了衆人彼此聚首又說了一番的話正說着恰好那日賈政的家人回家呈上書子說老爺不日到了王夫人叫賈蘭將書子念給聽賈蘭念到賈政親見寶玉的一段衆人聽了都痛哭起來王夫人寶釵襲人等更甚大家又將賈政書內叫家內不必悲傷原是借胎的話解說了一番與其作了官倘或命運不好犯了事壞家敗產那時倒不好了寧可偺們家出一位佛爺倒是老爺太太的積德所以纔投到偺們家來不是說句不顧前後的話當初東府裡太爺倒是修煉了十幾年也沒有成了仙這佛是更難成的太太這麽一想心裡便開豁了王夫人

哭着和薛姨媽道寶玉抛了我我還恨他呢我嘆的是媳婦的命苦纔成了一二年的親怎麼他就硬着腸子都撂下了走了呢薛姨媽聽了也甚傷心寶釵哭得人事不知所有爺們都在外頭王夫人便說道我爲他擔了一輩子的驚剛剛兒的娶了親中了舉人又知道媳婦作了胎我纔喜歡些不想弄到這樣結局早知這樣就不該娶親害了人家的姑娘薛姨媽道這是自已一定的偺們這樣人家還有什麼別的說的嗎幸喜有了胎將來生個外孫子必定是有成立的後來就有了結果了你看大奶奶如今蘭哥兒中了舉人明年成了進士可不是就做了官了麼他頭裡的苦也筭吃盡的了如今的甜來也是他爲

人的好處我們姑娘的心腸兒姐姐是知道的並不是刻薄輕挑的人姐姐倒不必躭憂王夫人被薛姨媽一番言語說得極有理心想寶釵小時候便是廉靜寡慾極愛素淡的他所以纔有這個事想人生在世真有個定數的看着寶釵雖是痛哭他那端莊樣兒一點不走却倒來勸我這是真真難得不想寶玉這樣一個人紅塵中福分竟沒有一點兒想了一回也覺解了好些又想到襲人身上若說別的丫頭呢沒有什麼難處的大的配了出去小的伏侍二奶奶就是了獨有襲人可怎麼處呢此時人多也不好說且等晚上和薛姨媽商量那日薛姨媽並未回家因恐寶釵痛哭住在寶釵房中解勸那寶釵却是極明

理思前想後寶玉原是一種奇異的人夙世前因自有一定原無可怨天尤人更將大道理的話告訴他母親了薛姨媽心裡反倒安慰便到王夫人那裡先把寶釵的話說了王夫人點頭歎道若說我無德不該有這樣好媳婦了說着更又傷心起來薛姨媽倒又勸了一會子因又提起襲人來說我見襲人近來瘦的了不得他是一心想着寶哥兒但是正配呢理應守的屋裡人愿守也是有的惟有這襲人雖說是筭個屋裡人到底他和寶哥兒並沒有過明路兒的王夫人道我纔剛想着正要等妹妹商量商量若說放他出去恐怕他不愿意又要尋死覓活的若要留着他也罷又恐老爺不依所以難處薛姨媽道我看

姨老爺是再不肯叫守着的再者姨老爺並不知道襲人的事想來不過是個丫頭那有留的理呢只要姐姐叫他本家的人來狠狠的吩咐他叫他配一門正經親事再多多的陪送他些東西那孩子心腸兒也好年紀兒又輕也不枉跟了姐姐會子也算姐姐待他不薄了襲人那裡還得我細細勸他就是叫他家的人來也不用告訴他只等他家裡果然說定了好人家兒我們還打聽打聽若果然足衣足食女壻長的像個人兒然後叫他出去王夫人聽了道這個主意狠是不然叫老爺冒冒失失的一辦我可不是又害了一個人了麼薛姨媽聽了點頭道可不是麼又說了几句便辭了王夫人仍到寶釵房中去了看

見襲人淚痕滿面薛姨媽便勸解譬喻了一會襲人本來老實不是伶牙利齒的人薛姨媽說一句他應一句回來說道我是做下人的人姨太太瞧得起我纔和我說這些話我是從不敢違拗太太的薛姨媽聽他的話好一個柔順的孩子心裡更加喜歡寶釵又將大義的話說了一遍大家各自相安過了幾日賈政回家衆人迎接賈政見賈赦賈珍已都回家弟兄叔侄相見大家歷敘別來的景況然後內眷們見了不免想起寶玉來又大家傷了一會子心賈政喝住道這是一定的道理如今只要我們在外把持家事你們在內相助斷不可仍是從前這樣的散慢別房的事各有各家料理也不用承總我們本房的事

裡頭全歸于你都要按理而行王夫人便將寶釵有孕的話也告訴了將來丫頭們都放出去賈政聽了點頭無語次日賈政進內請示大臣們說是蒙恩感激但未服闋應該怎麼謝恩之處望乞大人們指教衆朝臣說是代奏請旨于是聖恩浩蕩即命陛見賈政進內謝了恩聖上又降了好些旨意又問起寶玉的事來賈政據實回奏聖上稱奇旨意說寶玉的文章固是清奇想他必是過來人所以如此若在朝中可以進用他既不敢受聖朝的爵位便賞了一個文妙真人的道號賈政又叩頭謝恩而出回到家中賈璉賈珍接着賈政將朝內的話述了一遍衆人喜歡賈珍便說寧國府第收拾齊全回明了要搬過去

櫳翠菴圈在園內給四妹妹養靜賈政並不言語隔了半日却吩咐了一番仰報天恩的話賈璉也趁便回說巧姐親事父親太太都願意給周家爲媳賈政昨晚也知巧姐的始末便說大老爺大太太作主就是了莫說村居不好只要人家清白孩子肯念書能殼上進朝裡那些官難道都是城裡的人麽賈璉答應了是又說父親有了年紀況且又有痰症的根子靜養幾年諸事原仗二老爺爲主賈政道提起村居養靜甚合我意只是我受恩深重尙未酬報耳賈政說畢進內賈璉打發請了劉老老來應了這件事劉老老見了王夫人等便說些將來怎樣陞官怎樣起家怎樣子孫昌盛正說着丫頭回道花自芳的女人

進來請安王夫人問几句話花自芳的女人將親戚作媒說的是城南蔣家的現在有房有地又有舖面姑爺年紀略大几歲並沒有娶過的況且人物兒長的是百裏挑一的王夫人聽了願意說道你去應了隔几日進來再接你妹子罷王夫人又命人打聽都說是好王夫人便告訴了寶釵仍請了薛姨媽細細的告訴了襲人襲人悲傷不已又不敢違命的心裏想起寶玉那年到他家去回來說的死也不回去的話如今太太硬作主張若說我守着又叫人說我不害臊若是去了實不是我的心願便哭得咽哽難鳴又被薛姨媽寶釵等苦勸回過念頭想道我若是死在這裏倒把太太的好心弄壞了我該死在家裏纔

是於是襲人含悲叩辭了衆人那姐妹分手時自然更有一番不忍說襲人懷着必死的心腸上車回去見了哥哥嫂子也是哭泣但只說不出來那花自芳悉把蔣家的聘禮送給他看又把自己所辦粧奩一一指給他瞧說那是太太賞的那是置辦的襲人此時更難開口住了兩天細想起來哥哥辦事不錯若是死在哥哥家裡豈不又害了哥哥呢千思萬想左右為難眞是一縷柔腸幾乎牽斷只得忍住那日已是迎娶吉期襲人本不是那一種潑辣人委委屈屈的上轎而去心裡另想到那裡再作打算豈知過了門見那蔣家辦事極其認眞全都按着正配的規矩一進了門丫頭僕婦都稱奶奶襲人此時欲要死在

[redacted]

這裡又恐害了人家辜負了一番好意那夜原是哭着不肯俯就的那姑爺卻極柔情曲意的承順到了第二天開箱這姑爺看見一條猩紅汗巾方知是寶玉的丫頭原來當初只知是賈母的侍兒益想不到是襲人此時蔣玉函念着寶玉待他的舊情倒覺滿心惶愧更加周旋又故意將寶玉所換那條松花綠的汗巾拿出來襲人看了方知這姓蔣的原來就是蔣玉函始信姻緣前定襲人纔將心事說出蔣玉函也深爲歎息敬服不敢勉強並越發溫柔體貼弄得個襲人真無死所了看官聽說雖然事有前定無可奈何但孽子孤臣義夫節婦這不得已三字也不是一槩推委得的此襲人所以在又副册也正是前人

過那桃花廟的詩上說道

千古艱難惟一死　傷心豈獨息夫人

不言襲人從此又是一番天地且說那賈雨村犯了婪索的案件審明定罪今遇大赦遞籍爲民雨村因叫家眷先行自己帶了一個小厮一車行李來到急流津覺迷渡口只見一個道者從那渡頭草棚裡出來執手相迎雨村認得是甄士隱也連忙打恭士隱道賈老先生別來無恙雨村道老仙長到底是甄老先生何前次相逢覿面不認後知火焚草亭鄙下深爲惶恐今日幸得相逢益歎老仙翁道德高深奈鄙人下愚不移致有今日甄士隱道前者老大人高官顯爵貧道怎敢相認原因故交

敢贈片言不意老大人相棄之深然而富貴窮通亦非偶然今日復得相逢也是一樁奇事這裡離草菴不遠暫請膝談未知可否雨村欣然領命兩人攜手而行小厮驅車隨後到了一座茅菴士隱讓進雨村坐下小童獻茶上來雨村便請教仙長超塵始末士隱笑道一念之間塵凡頓易老先生從繁華境中來豈不知溫柔富貴鄉中有一寶玉乎雨村道怎麼不知近聞紛紛傳述說他也遁入空門下愚當時也曾與他往來過數次再不想此人竟有如是之決絕士隱道非也這一段奇緣我先知之昔年我與先生在仁清巷舊宅門口叙話之前我已會過他一面雨村驚訝道京城離貴鄉甚遠何以能見士隱道神交久

矣雨村道既然如此現今寶玉的下落仙長定能知之士隱道寶玉即寶玉也那年榮寧查抄之前釵黛分離之日此玉早已離世一爲避禍二爲撮合從此夙緣一了形質歸一又復稍示神靈高魁貴子方顯得此玉乃天奇地靈煅煉之寶非凡間可比前經茫茫大士渺渺真人携帶下凡如今塵緣已滿仍是此二人携歸本處便是寶玉的下落雨村聽了雖不能全然明白却也十知四五便點頭歎道原來如此下愚不知但那寶玉既有如此的來歷又何以情迷至此復又豁悟如此還要請教士隱笑道此事說來先生未必盡解太虛幻境即是真如福地兩番閱册原始要終之道歷歷生平如何不悟仙草歸真焉有通

靈不復原之理呢雨村聽着却不明白知是仙機也不便更問因又說道寶玉之事既得聞命但敝族閨秀如是之多何元妃以下算來結局俱屬平常呢士隱歎道老先生莫怪拙言貴族之女俱屬從情天孽海而來大凡古今女子那淫字固不可犯祇這情字也是沾染不得的所以崔鶯蘇小無非仙子塵心宋玉相如大是文人口孽但凡情思纏綿那結局就不可問了雨村聽到這裡不覺拈鬚長歎因又問道請教仙翁那榮寧兩府尚可如前否士隱道福善禍淫古今定理現今榮寧兩府善者修緣惡者悔禍將來蘭桂齊芳家道復初也是自然的道理雨村低了半日頭忽然笑道是了是了現在他府中有一個名蘭

的巳中鄉榜恰好應着蘭字適間老仙翁說蘭桂齊芳又道寶
玉高魁貴子莫非他有遺腹之子可以飛皇騰達的麼士隱微
微笑道此係後事未便預說雨村還要再問士隱不答便命人
設具盤飧邀雨村共食食畢雨村還要問自巳的終身士隱便
道老先生草庵暫歇我還有一段俗緣未了正當今日完結雨
村驚訝道仙長純修若此不知尚有何俗緣士隱道也不過是
兒女私情罷了雨村聽了益發驚異請問仙長何出此言士隱
道老先生有所不知小女英蓮幼遭塵劫老先生初任之時曾
經判斷今歸薛姓產難完刼遺一子於薛家以承宗祧此時正
是塵緣脫盡之時只好接引接引士隱說着拂袖而起雨村心

中恍恍惚惚就在這急流津覺迷渡口草庵中睡着了這士隱自去度脫了香菱送到太虛幻境交那警幻仙子對册剛過牌坊見那一僧一道縹緲而來士隱接着說道大士真人恭喜賀喜情緣完結都交割清楚了麽那僧道說情緣尚未全結倒是那蠢物已經回來了還得把他送還原所將他的後事叙明番枉他下世一回士隱聽了便拱手而別那僧道仍携了玉到青埂峯下將寶玉安放在女媧煉石補天之處各自雲遊而去從此後

天外書傳天外事　兩番人作一番人

這一日空空道人又從青埂峰前經過見那補天未用之石仍

在那裡上面字跡依然如舊又從頭的細細看了一遍見後面偈文後又歷敘了多少收緣結果的話頭便點頭歎道我從前見石兄這段奇文原說可以聞世傳奇所以曾經抄錄但未見返本還原不知何時復有此段佳話方知石兄下凡一次磨出光明修成圓覺也可謂無復遺憾了只怕年深日久字跡糢糊反有舛錯不如我再抄錄一番尋個世上清閒無事的人托他傳遍知道奇而不奇俗而不俗真而不真假而不假或者塵夢勞人聊倩鳥呼歸去山靈好客更從石化飛來亦未可知想畢便又抄了仍袖至那繁華昌盛地方遍尋了一番不是建功立業之人即係餬口謀衣之輩那有閒情去和石頭饒舌直尋到

急流津覺迷渡口草菴中睡着一個人因想他必是閒人便要將這抄錄的石頭記給他看看那知那人再叫不醒空空道人復又使勁拉他纔慢慢的開眼坐起便接來草草一看仍舊擲下道這事我已親見盡知你這抄錄的尚無舛錯我衹指與你一個人托他傳去便可歸結這段新鮮公案了空空道人忙問何人那人道你須待某年某月某日某時到一個悼紅軒中有個曹雪芹先生只說賈雨村言托他如此如此說畢仍舊睡下了那空空道人牢牢記着此言又不知過了幾世幾刼果然有個悼紅軒見那曹雪芹先生正在那裡翻閱歷來的古史空空道人便將賈雨村言了方把這石頭記示看那雪芹先生笑道

果然是賈雨村言了空空道人便問先生何以認得此人便肯替他傳述那雪芹先生笑道說你空空原來肚裡果然空空既是假語村言但無魯魚亥豕以及背謬矛盾之處樂得與一二同志酒餘飯飽雨夕燈窻同消寂寞又不必大人先生品題傳世似你這樣尋根究底便是刻舟求劍膠柱鼓瑟了那空空道人聽了仰天大笑擲下抄本飄然而去一面走着口中說道原來是敷衍荒唐不但作者不知抄者不知並閱者也不知不過游戲筆墨陶情適性而已後人見了這本傳奇亦曾題過四句偈語爲作者緣起之言更進一竿云

說到辛酸處　荒唐愈可悲

由來同一夢　休笑世人痴

紅樓夢第一百二十回終

萃文書屋藏板